W0242967

JEAN TEULÉ

Jean Teulé est l'auteur de seize romans, parmi lesquels *Je, François Villon* (prix du récit biographique) ; *Le Magasin des Suicides* (traduit en dix-neuf langues), adapté en 2012 par Patrice Leconte en film d'animation puis joué au théâtre partout dans le monde ; *Darling*, également porté sur les écrans par Christine Carrière avec Marina Foïs et Guillaume Canet ; *Mangez-le si vous voulez*, mis en scène pour le Festival off d'Avignon puis repris à Paris au théâtre Tristan-Bernard en 2014, tout comme *Charly 9*, qui s'est joué en avril 2014 à l'opéra-théâtre de Metz ; *Les Lois de la gravité*, adapté au cinéma en 2013 par Jean-Paul Lilienfeld sous le titre *Arrêtez-moi !* avec Miou-Miou, et joué en février 2015 au théâtre Hébertot ; *Le Montespan* (prix Maison de la Presse et Grand prix Palatine du roman historique), en cours d'adaptation cinématographique ; *Fleur de tonnerre* sorti sur nos écrans en 2016, adapté par Stéphanie Pillonca-Kervern, avec Benjamin Biolay et Déborah François ; *Héloïse ouille !* (prix Trop Virilo 2015) et *Comme une respiration…* (2016). Quatre de ses romans ont été adaptés en bande dessinée chez Delcourt. La totalité de l'œuvre romanesque de Jean Teulé est publiée aux éditions Julliard et reprise chez Pocket.

COMME UNE RESPIRATION...

DU MÊME AUTEUR
CHEZ POCKET

RAINBOW POUR RIMBAUD
L'ŒIL DE PÂQUES
BALADE POUR UN PÉRE OUBLIÉ
DARLING
BORD CADRE
LONGUES PEINES
LES LOIS DE LA GRAVITÉ
Ô VERLAINE !
JE, FRANÇOIS VILLON
LE MAGASIN DES SUICIDES
LE MONTESPAN
MANGEZ-LE SI VOUS VOULEZ
CHARLY 9
FLEUR DE TONNERRE
HÉLOÏSE, OUILLE !
COMME UNE RESPIRATION...

JEAN TEULÉ

COMME UNE RESPIRATION...

Julliard

MIXTE
Papier issu de sources responsables
FSC® C003309

Pocket, une marque d'Univers Poche,
est un éditeur qui s'engage pour la préservation
de son environnement et qui utilise du papier fabriqué
à partir de bois provenant de forêts gérées
de manière responsable.

Le Code de la propriété intellectuelle n'autorisant, aux termes de l'article L. 122- 5, 2° et 3° a, d'une part, que les « copies ou reproductions strictement réservées à l'usage privé du copiste et non destinées à une utilisation collective » et, d'autre part, que les analyses et les courtes citations dans un but d'exemple et d'illustration, « toute représentation ou reproduction intégrale ou partielle faite sans le consentement de l'auteur ou de ses ayants droit ou ayants cause est illicite » (art. L. 122- 4).
Cette représentation ou reproduction, par quelque procédé que ce soit, constituerait donc une contrefaçon, sanctionnée par les articles L. 335- 2 et suivants du Code de la propriété intellectuelle.

© Julliard, Paris, 2016

ISBN 978-2-266-27760-0

1
Cui-cui

C'est une maison pas bleue pas adossée à la colline... mais elle me console du monde. C'est, en Bretagne, une grosse bâtisse austère et grise datant du XVIe siècle avec des murs d'un mètre d'épaisseur constitués de pierres sèches. Entre les pierres, il n'y a pas de liant, ni terre ni ciment, alors tous les petits oiseaux de la région viennent s'immiscer parmi les schistes et les granits pour nidifier à l'intérieur de ses murs au printemps. Et là, dans deux jours, ça va être le printemps ! Ouf, enfin le printemps !... L'hiver m'a semblé rude. Par exemple du 7 janvier, j'ai encore des difficultés à m'en remettre mais la maison bretonne, construite au temps des guerres de Religion et de la Saint-Barthélemy, fera bientôt cui-cui. C'est une maison qui chante. Au printemps, elle devient miraculeuse. J'en fais souvent le tour. Mésanges charbonnières, bleues, huppées, nonnettes... hirondelles, alouettes, rouges-gorges, tous ensemble se partagent joyeusement les murs de la demeure historique. Ça tire-lire là-dedans, turlute, carcaille. Ça siffle, pépie, zinzinule, dans toutes les langues d'oiseaux migrateurs ou endémiques. Et ça se baise aussi à l'intérieur des murs, se vole dans les plumes plus et bien mieux que chez Dodo la Saumure. Quel bordel ! Et ça va ensuite éclore de partout. D'un footballeur aux allures de grande poule disant de la France que c'est un pays de merde, les oiseaux de la bâtisse s'en foutent lorsqu'ils reviennent entre les pierres avec, au bec, un poil de chevreuil récupéré dans l'écorce d'un arbre contre lequel un cervidé s'est frotté. Des propos d'un ancien ministre sur le gouvernement actuel, ils n'ont rien à branler. Il n'y a pas de quoi en pondre un œuf de caille semble dire la maison. Groupe État islamique, Ukraine, musée du Bardo à Tunis, la pauvreté, etc. et puis cette maison qui fait cui-cui au printemps... Sur la même terre, tant de laideur et de beauté à la fois. Ça m'en fout les larmes aux yeux lorsque je tourne autour d'elle et puis ça m'apaise. Combien de printemps encore l'entendrai-je chanter ? Elle, bâtie sous Henri IV – assassiné pour cause de religion –, continuera sans doute pendant des siècles mais moi, combien de fois me reste-t-il à écouter son récital du printemps ? Cette maison qui va, dans quelques jours, lancer ses milliers de cui-cui me fera croire que la vie est là, dans ses murs, et que le monde est beau. Nom de Dieu de nom de Dieu, quelle maison ! Autant vous dire qu'elle n'est pas à vendre !

2

Gare Saint-Lazare

Ce soir, à bord d'un train TER revenant de Rouen – ville où la Pucelle a dérouillé –, je suis dans un compartiment de première classe, non loin d'une demoiselle (dix-neuf ans sans doute) assise de l'autre côté de l'allée centrale. Elle se maquille, se métamorphose en colorant ses lèvres d'une blessure rouge qui déborde à cause des soubresauts dus aux irrégularités des rails. Mantes-la-Jolie, « Mate la jolie », semblent néanmoins se dire, quelques stations plus loin et à coups de coude, des gars, pleins d'éclairs et de clameurs, qui prennent d'assaut la voiture 13 où il n'y a que cette fille et moi. Ils sont tout entourés de musique et paroles boobaesques : « Je suis dangereux, dangereux... Qu'est-ce que tu entends par dangereux ?... » S'affalant, talons sur les dossiers, tables des « clubs quatre », ils répètent les menaces sorties de leurs grésillants casques audio dont les curseurs ont été poussés au max. La nuit tombe. À l'extérieur, des lueurs rougeâtres décorent des façades de HLM avec leurs bruits de pétards qu'on voudrait croire provenir de quelque fête foraine. La demoiselle poudre son visage qui se trouve pris ainsi que dans une fumée. À tour de rôle, les gars du compartiment se lèvent, passent devant cette voyageuse qu'ils engloutissent de leur ombre en se remontant négligemment les couilles tandis qu'elle sort une brosse à cheveux de son sac à main posé sur une énorme valise orange. Celle-ci obstruant en partie l'allée, l'un d'eux s'y cogne un genou. J'entends : « Ah, salope ! Putain de... » et d'autres injures pourrissent sa bouche quand, se massant la rotule, il rejoint les autres. Tous regardent vers la donzelle qui abrite sous ses vêtements légers des secrets aimables qu'on devine. À leurs yeux ardents, je peux les craindre préméditer là, devant moi, quelque chose de redoutable dans ce train remis en marche vers la possibilité d'un naufrage total dont je serai peut-être un des flots du décor. Les vers sont si près du fruit. Des paroles peu féministes continuent de gicler en la friture des baladeurs. Ô, ces cris de mer, ces hurlements de loups mêlés au rap tels qu'au fond des bois... Cela annonce quelque chose à venir de si fatal au-dessus du fracas des roues en fer. Je tourne la tête de l'autre côté, vers la vitre où je découvre le reflet de la fille qui se peigne. Quand ils vont toute la décoiffer, comment agir ? Souci tumultueux parmi ce crépuscule. Le train arrive gare Saint-Lazare. La demoiselle quitte sa place et, grâce aux roulettes, parvient à tracter sa quasi-malle. Je me lève à mon tour. TER arrêté au terminus, elle ouvre une porte donnant sur le quai tandis qu'un des gars lui propose : « Tu veux que je descende ta valise ? » Il s'en empare et s'étonne : « Dis donc, elle est vachement lourde ! » Récupérant son imposant bagage orange, la fille s'esclaffe : « En tout cas, tu es vraiment gentil. » Vont-ils la suivre, l'importuner ? Non, ils la laissent aller. Ce n'est pas le monde qu'on nous raconte.

3

Breteuil-sur-Iton

Dans ce bled de l'Eure, je suis comme dans la vie. J'y entre par la rue Coupe-Gorge.

Je poursuis le long de la rue Sauve-qui-peut.

Ah, rue d'Amour ! J'ai cru que je n'allais jamais la trouver, celle-là.

4

Le musée de l'Automate de Souillac

Errant dans le Lot et derrière l'abbaye de Souillac, je pousse la porte d'un musée, va savoir pourquoi. Reçu par une jolie dame accueillante, blondinette à chignon banane, qui tend un bras : « Par ici la visite », j'entre dans un monde où tant de choses deviennent réalisables. Un Charlot lance des coups de pied contre sa vitrine pour capter mon attention. C'est comme si au Louvre, la *Victoire de Samothrace* battait des ailes pour m'éventer. Un Chinois sort de sa bouche une boule qui tombe dans une coupelle qu'il ferme d'un couvercle. Il retire le couvercle. La boule a disparu et ressort par la bouche du Chinois. Mais qu'est-ce que c'est que ça ? Ici, il fait sombre pour mettre en valeur les teintes vives des personnages. On devine le contrôle du taux d'humidité évitant que la peau en carton-pâte des visages se ride et la climatisation empêche que fonde la graisse des rouages des automates anciens. Posé sur un tonneau, un buste de vigneron, vraiment pas transi du coude, s'enfile des verres de vin durant toutes les heures d'ouverture près d'un gros monsieur hilare qui se tient le ventre, gesticule et rit dans le silence huilé de son mécanisme intérieur.

Des gens, le quittant, sont persuadés d'avoir perçu ses gloussements : « Je l'ai entendu se marrer. » « Mais non, il est muet. » « Je te dis que je l'ai entendu rire ! » On ne sait plus où se trouve le vrai. Tête en bas, un clown s'est juché ainsi en équilibre sur le crâne d'un autre et les deux bougent, pivotent comme si c'était possible. Un chat ressemelle un soulier à coups de marteau, ben voyons... Il semble donner le tempo à un jazz-band de musiciens noirs aux grands yeux qui roulent et l'air à la coule. Rien n'est grave dans ce musée où la vie perpétuelle et fantaisiste se remonte à la clé, pour ce qui date de la fin du XIXe siècle, déclenchant un ressort qui entraîne peu à peu et dans l'ordre un système complexe d'articulations mues par des tringles. Ce qui fut conçu au début du XXe fonctionne à l'électricité. D'après des dessins de Dubout, une gigantesque dorade aux lèvres pulpeuses tente d'avaler par les jambes puis le buste un petit mari (quelle pipe !) alors que sa grosse épouse, paraissant crier « Chéri, reviens ! », le tire par la barbe. À côté, l'équivoque charmeuse de serpent, presque dénudée, ôte de sa bouche une clarinette pour contempler avec gourmandise le crotale érectile dressant la tête. Après avoir frôlé un Hercule de foire, allongé sur le ventre, qui appuie sur ses paumes pour s'élever entièrement par la force des bras (faut le faire !) puis un illusionniste glissant un cerceau tout le long du corps d'une femme en lévitation (alors ça !), je croise un couple de phoques en habit de bal dansant langoureusement puis tant d'autres féeries. Je sors de ce bâtiment. Il y a dehors d'autres automates à peau humaine mus par des mécanismes intérieurs compliqués sans doute intéressants aussi à visiter avec leur cœur, leur cerveau, et démerde-toi avec ça !

5

La mitaine de Yann

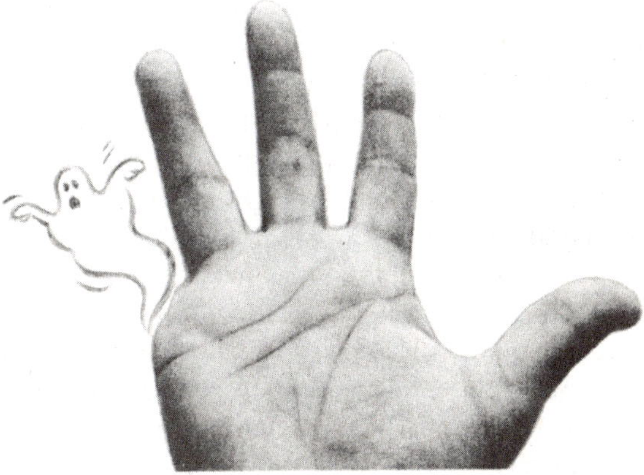

— Regarde, Jean, j'ai un petit doigt fantôme...

— Il faudrait arrêter le chouchen, mon Yann.

— Moi, je sens sa présence... D'ailleurs, là, il me fait mal jusqu'à l'ongle en ce matin d'hiver.

Au printemps dernier, un soir vers 23 heures, Yann, qui est plombier, a garé sa voiture dans la cour de chez lui mais est descendu de l'auto en oubliant de serrer le frein à main. Sur le sol légèrement en pente, le véhicule s'est alors mis à reculer vers un mur tout proche. Yann a plaqué sa paume droite sur le pare-chocs arrière pour tenter de stopper l'automobile mais celle-ci a poursuivi son déplacement alors le plombier a ôté sa main, hélas trop tard. La voiture lui a écrabouillé l'auriculaire. Il a soulevé sa pogne d'artisan en constatant : « Oh putain, là, il est mal, mon petit doigt ! » Remonté dans sa voiture (sans avoir à desserrer le frein à main), il a filé aux urgences de Dinan. Après une anesthésie générale, Yann s'est réveillé dans une chambre où aucun chirurgien n'est venu lui annoncer l'amputation. « De toute façon, en regardant ta main, tu vois bien qu'il t'en manque un ! Ça fait hyper bizarre. Bon, là, t'as pas de rééducation, tu reprends le boulot mais les outils tombent. On n'imagine pas comme c'est utile un petit doigt. Pendant l'été encore, les tournevis, les écrous, tout glissait de ma paume sauf, fort heureusement, les ballons de blanc pris au bar où, par prudence malgré tout jusqu'en automne, on me les servait avec une paille dedans. Mais le plus dur est apparu en même temps que l'hiver. Dès les premières gelées, j'ai ressenti une onglée tout le long du petit doigt disparu et pas aux autres que j'ai encore. Ah, j'ai souffert de ça ! J'aurais bien mis un gant sauf que, dehors sur les chantiers, j'ai besoin de la peau de mes doigts pour sentir, visser, graisser, savoir si les tuyaux sont chauds ou froids. Les gens étaient incrédules : « Comment pourrais-tu avoir froid à un doigt que tu n'as pas ? » et pourtant je le sentais comme s'il était là, je te jure ! Seule ma grand-mère a cru en son retour mystérieux. Au réveillon de Noël, elle m'a tendu son cadeau : « Tiens, Yann, je t'ai tricoté ça. »

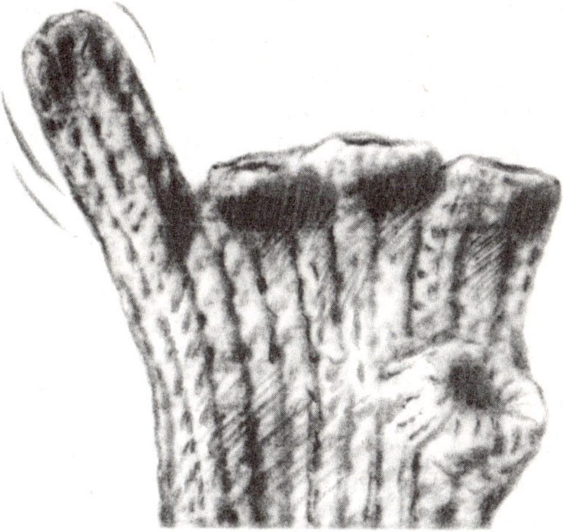

Depuis, sous la neige et grâce à cette mitaine, Yann ne souffre plus d'onglée à son auriculaire absent. Merci la grand-mère. Dorénavant, les prochains hivers, le petit doigt fantôme ne se gèlera plus le cul. Quel soulagement... pour Yann !

6
Petite fleur

À Paris, un dimanche nuageux d'été dans le quartier du Marais et contre le mur de la bibliothèque historique, un quatuor qui fait la manche – pièces jetées dans un étui à clarinette – joue du Sidney Bechet et entame *Petite fleur*.

Une dame fanée, revenant peut-être du marché, dépose son cabas et se met alors à danser près des musiciens qui l'ignorent.

Moi, je n'observe qu'elle tout comme le soleil qui, entre deux cumulus, salue furtivement cette humble fleur des rues échappée aux gens. Passant d'une jambe sur l'autre, elle vibre (tremble ?) en cadence telle que sur une tige tandis que tourne dans l'air ce slow mélancolique au langoureux vertige. Lorsqu'elle pivote complètement, le bas de sa robe s'élève en corolle et son cerveau concentré éclot.

Fin de l'instrumental, la nonagénaire ramasse son panier de légumes alors que je viens lui déclarer :

— Vous dansiez bien Petite Fleur... C'était gracieux.

— Merci monsieur. Très jeune fille, juste après la guerre en 1949, j'habitais à Saint-Germain-des-Prés en face du Café de Flore où j'ai rencontré mon mari qui est mort depuis. On allait sous terre dans des caves à musique – Bar Vert, Blue Note... Quand je danse ce standard, c'est comme si je retrouvais mon époux.

Je rentre chez moi allumer un cône d'herbe tandis qu'elle s'achemine vers sa maison pour retourner dans son vase.

7
La locataire de monsieur Brune

— Heureusement que je l'ai rencontrée parce que autrement ma vie serait... je ne sais pas. Je me serais suicidé très certainement.

— Heureusement que vous avez rencontré qui, monsieur Brune ?

— La locataire de mon garage.

— Ça a été si important ?

— Écoutez, mettez-vous à la place d'un homme de plus de quatre-vingt-dix ans qui vit seul, à qui la mairie fait porter des repas de cantine et envoie quelqu'un pour s'occuper du ménage car il ne peut presque plus se déplacer. Pris de tremblements continuels, c'est à peine si, grâce à une canne, je parviens encore à faire le tour de ma demeure afin de regarder pousser une pelouse que je n'ai plus la force de tondre. C'est d'ailleurs pour cette raison que j'ai décidé de louer mon garage, pour que l'argent reçu serve à payer un jardinier. J'avais vendu ma voiture que je ne savais plus conduire. Alors j'ai mis sur la porte en fer : À LOUER et une belle femme d'une quarantaine d'années est venue. Elle m'a dit : « Ben, moi, ça m'intéresserait.

Combien louez-vous ce garage ? » En périphérie de Cahors, c'est quarante euros à peu près alors je lui ai demandé : « Seriez-vous capable de payer quarante euros tous les mois ? » Pauvre, je l'ai vite compris, elle a promis : « Si je gère bien mon budget, je dois pouvoir m'en sortir. » Je l'ai rencontrée ainsi puis l'ai trouvée très gentille. Ce garage n'était pas destiné à une voiture mais à y entasser des cartons de sa vie passée, emplis de vêtements et jouets de ses trois enfants qu'elle a eus avec trois hommes différents mais dont elle n'a pas obtenu la garde car elle a été considérée comme indigente. Elle ne les récupère que pendant la moitié des vacances scolaires et vient ici tous les mois payer son loyer. Moi, ces jours-là, je vais mieux. Je tremble moins. Mes mains se calment. C'est le plaisir de voir la locataire de mon garage, qu'est-ce que vous voulez ! J'ai le sourire. On rigole tous les deux en buvant l'apéritif. Je lui raconte la guerre, comment j'ai débuté dans mon métier. Elle me parle de ses enfants, un peu de sa vie mais pas complètement parce que je sens que ça la gêne d'évoquer notamment le dernier père avec lequel elle a vécu. Un soir, je lui ai demandé : « Il vous battait ? » Elle a soupiré : « Il m'a fait plus que ça » et nous avons écouté de la musique. Entre deux versements de son loyer je suis comme en apnée. Lorsqu'au téléphone elle m'avertit qu'elle viendra le lendemain pour le règlement alors là, je suis content. Je me dis : « Ah, ça y est, je vais la revoir ! » Quand elle repart, je déplore : « Et merde, vieux con, tu te retrouveras encore un mois tout seul comme un âne ! » Mon garage, j'aurais dû lui louer à la semaine...

8

Les calligraphies de Lassaâd

Entrez dans le monde des caresses de Lassaâd. Venez suivre le voyage abstrait de ses doigts.

C'est, une après-midi d'été à Nantes, une dame allongée à plat ventre près de Lassaâd qui promène un index du creux des reins vers les épaules de ce féminin corps nu.

La fenêtre de la chambre est ouverte sur un bourdonnement d'insectes dans un jardin où bruissent des roseaux – crayons de calligraphe. Mais là, tout à son art, pour l'artiste en dreadlocks, c'est ongle ou dernière phalange qui tracent des arabesques – pleins et déliés s'enchaînant, ponctuations posées là.

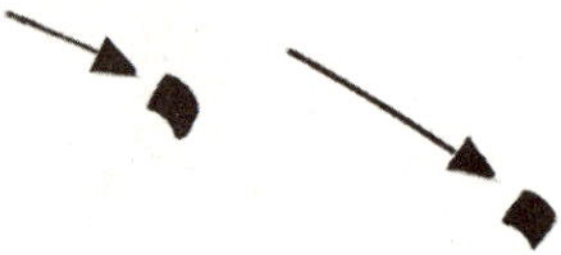

Il fait si chaud en ce mois d'août que la dame croirait mourir s'il n'y avait le doigt sensuel du calligraphe sur son dos. Bon, Lassaâd, charmeur, est volage. Il passe d'une peau de femme à l'autre ainsi qu'un dessinateur change de feuille de papier. Comment a-t-il rencontré cette dame, par quelle roublardise l'a-t-il conduite jusqu'ici, on ne sait pas mais il a su la sortir de sa vie même si, tout à l'heure, elle retrouvera sans doute enfants et mari. Pour l'instant, elle se sait support d'œuvre d'art et peu lui chaut la morale. Son épiderme ressentant l'exécution de l'œuvre qui s'accomplit, elle oublie ses ennuis, sa fatigue du quotidien et qu'importe plus tard. C'est la paix, loin des chaînes d'infos bruyantes pour un temps oubliées dans la beauté, l'équilibre, et le silence d'un oriental dessin invisible qui se fait alors que l'artiste lui murmure à l'oreille d'une voix suave : « On considère la respiration d'un calligraphe comme un acte sexuel. Avec le corps de la lettre, il fait l'amour. Dans le corps de la lettre et le corps humain réside la même sensualité. Le roseau est l'instrument le plus ancien de l'écriture et du graphisme. On va chercher, toujours à droite, l'espace libre puis on part vers la gauche. On s'oriente vers le cœur parce que c'est là que réside la force consciente », conclut-il en soulevant sa main.

« Aaah... », soupire la dame. Ça lui a fait dans l'âme comme un bien-être signé Lassaâd Métoui.

9

Le petit compagnon de madame Verbeque

— *Lorsqu'en ce jour de printemps elle entre dans mon magasin je me dis, tiens, voilà une femme qui ne ressemble à rien, une vieille voûtée, assez forte, comme on en rencontre souvent dans la rue, quoi !*

L'aïeule qui habite Saint-Pol-sur-Mer près de Dunkerque, portant un gros sac de supermarché, a poussé la porte vitrée de la boutique sur laquelle on peut lire « Taxidermie et articles de pêche ». Articles de pêche ?...

— *Je travaille surtout l'automne et l'hiver,* raconte le commerçant. *En période de chasse, on m'apporte pas mal de gibier – renards, faisans... – et de quoi faire des trophées – têtes de sangliers, chevreuils – mais pour le printemps et l'été il me faut un petit complément de revenus alors je vends des appâts.*

Elle dit s'appeler Verbeque comme presque tout le monde à Dunkerque et que, veuve récemment, son chien est, ce matin, mort aussi de vieillesse alors elle demande au commerçant s'il accepte de naturaliser l'animal décédé qu'elle sort du sac en s'extasiant : « Regardez comme il était beau ! »

— *C'est un bâtard mal foutu à poils ras noirs et blancs, oreilles cassées, museau grisé par l'âge et qui ne ressemble à rien, un corniaud comme on en voit traîner dans la rue et dont je soulève une paupière.*

— Monsieur, j'aimerais le récupérer tel qu'il était souvent dans son panier : couché en boule sur le flanc avec sa tête relevée, gueule fermée mais yeux ouverts comme s'il me regardait, qu'il avait envie que je le caresse encore.

— *En général, les animaux domestiques, je ne les prends pas parce que c'est dégueulasse à faire. C'est vrai, c'est... ce n'est pas appétissant. Déjà quand tu en ouvres un, ça pue là-dedans comme ce n'est pas possible et c'est bourré de gras contrairement aux gibiers qui sont affûtés à force de cavaler tout le temps. Les petits chiens à leur mémère sont souvent bien trop gros alors c'est un boulot monstre à vider et récurer. Mais, bon, c'est la saison creuse.*

— Pas de souci, madame Verbeque, je vais vous le préparer et le livrerai aussi parce que dans votre sac Super U, fragile, il pourrait s'abîmer.

— *Sitôt la vieille partie, dans le laboratoire de mon arrière-boutique, je dépèce son chien dont je mets la peau à tanner dans une cuve d'eau contenant de l'alun et du sel puis je la laisse tremper une semaine. Ça évite qu'elle pourrisse et que les poils tombent. Un jour, je la sors comme une serpillière et voyant que l'alun a bien pris je la rince au robinet parce que la fourrure rase est devenue rêche à cause du sel. Entre-temps, un soir dans ma cour, j'ai glissé la graisse et les viscères de ce clébard à l'intérieur du grand tiroir d'un ancien bureau. Le fond du tiroir est remplacé par une grille alors quand les asticots ont bien mangé ils tombent dessous dans un bac à sciure et ensuite je peux les vendre, tranquille, dès cette mi-mars pour l'ouverture de la pêche en rivière. Je fais des asticots grâce à une mouche spéciale, hein, pas n'importe laquelle. C'est une variété qui ne pond que la nuit donc il faut que les boyaux soient dans le noir complet pour que les mouches s'approchent. Elles viennent toutes seules. En plein air, elles doivent sentir ce festin, la nuit, et hop, en passant par l'interstice du tiroir laissé à peine entrouvert, c'est parti, elles pondent là-dedans. Ce chien, sans doute parce qu'il était trop gras, me donne des asticots magnifiques qui ravissent les pêcheurs. Ce ne sont pas les petits asticots qu'on achète habituellement. Ils mesurent près du triple de ceux qu'on trouve ailleurs.*

Madame Verbeque est très émue en sa maison ouvrière lorsqu'elle récupère le petit compagnon qu'elle dépose dans son panier entouré de bougies allumées. Les flammes, en vacillant, remuent les ombres de la peau du chien.

— Il revit ! Regardez, monsieur, on dirait qu'il respire. Le voilà éternel.

— Il pourra durer vingt ou trente ans mais, bon, certainement qu'un jour il sera bouffé par les insectes.

— Et son regard... Je retrouve la douceur de ses yeux.

— J'en ai acheté des non peints de sorte que je puisse les colorer moi-même pour retrouver la teinte de l'iris que j'ai gardée en mémoire après avoir soulevé une paupière. Les yeux pré-peints ne correspondent pas souvent à ceux de l'animal qu'on t'apporte alors il faut en repérer la couleur le plus tôt possible après la mort car, sous vingt-quatre heures,

ça change, devient terreux, mais comme elle me l'avait livré frais...

La vieille sentimentale, aux larmes de soulagement coulant sur ses joues, contemple le chien à qui elle parle.

— *Elle est ébahie alors je suis content moi aussi y compris pour les pêcheurs enchantés qui regardent de grands asticots gigoter au bout de leurs hameçons.*

10
Terrain vague

Voilà une jeune femme – Laure –, vêtue d'un manteau d'hiver par-dessus une robe en laine, qui retourne vers son hôtel, de nuit, dans une ville qu'elle ne connaît pas – Besançon. Longeant un chantier dont plusieurs planches de la palissade sont tombées, elle découvre, de l'autre côté, les néons allumés de son hôtel. Plutôt que de contourner l'endroit en s'engageant dans un dédale de ruelles désertes qui allongerait le trajet et où elle risquerait de se perdre, Laure décide de traverser directement ce terrain vague pour gagner du temps. Donc elle marche, cette jolie femme qui se tord les chevilles parmi les irrégularités du sol sans souiller ses bottines car le temps est sec quoique glaciaire. Elle enjambe des câbles électriques, contourne des pelleteuses, mais bientôt se sent suivie. Comme si elle avait des yeux à la place des épaules, Laure sait que quelqu'un reluque son dos et sans doute plus bas. Elle sent sur ses fesses la brûlure d'un regard. Passant entre des containers en fer alignés, elle entend maintenant des pas sortant des ombres. Ce sont des pas d'hommes, enfer ! L'aventureuse regrette sa décision d'avoir voulu traverser ce terrain vague mais n'a plus d'autre choix que de continuer tout droit. Le crissement des souliers s'accélère derrière celle qui se trouve couverte d'une sueur froide et tente de se convaincre : « Ne pas paniquer, rester calme », se dit-elle en fixant là-bas les néons de l'hôtel mais son cœur bat de plus en plus vite au rythme des hommes qui s'approchent en silence. Elle prédit que très bientôt elle aura le souffle de leur haleine dans son cou, qu'on lui collera une main à son petit cul, l'attrapera par ses cheveux blonds ou par un bras pour l'entraîner derrière un engin de chantier. Son cerveau cherche une solution à toute berzingue. C'est impressionnant à quelle allure il va dans le stress. La jeune femme se retourne et file sur eux ! « Messieurs... » Elle sourit : « Je suis bien contente de vous rencontrer ! Voilà, je rentre à mon hôtel que vous voyez derrière moi mais j'ai peur d'y aller toute seule car, la nuit, on ne sait jamais qui on pourrait croiser. Est-ce que vous voulez bien m'accompagner pour que je sois rassurée ? » Et ça marche car, dis donc, ils l'entourent et la protègent !... D'instinct, d'une probable tribu de Jack l'Éventreur, elle a fait un club de Zorros qui l'escortent jusque devant la réception de son hôtel avant de retourner vers le terrain vague. Bon, elle a eu du bol aussi, hein !... Clé numérique sortie d'un sac à main dans l'ascenseur, Laure ouvre la porte de sa chambre qu'elle referme derrière elle en soufflant :

— Ouf ! Hou là là...

11
La punition de Léandre

Dans la cour d'une école primaire de Dijon, parmi cent cinquante enfants qui cavalent dans tous les sens, un élève de CM1 fait une bêtise dans son coin. Il empoigne le bas des barreaux d'une des fenêtres de la cantine et, par la force des bras, se hisse afin de grimper debout sur l'étroit rebord. À un mètre cinquante du sol, il risque de glisser mais la surveillante arrive : « Descends de là et donne-moi la main ! On va faire le tour de la cour le temps que tu te calmes. Quel est ton prénom ? »

— Léandre.

À chaque fois, les sanctionnés font la gueule d'être ainsi traînés par la surveillante tout autour des autres qui se moquent mais, à la récréation suivante, Léandre grimpe à nouveau sur le rebord de la haute fenêtre malgré la punition qui ne tarde pas à venir : « Léandre, la main ! » Le jour d'après, provocateur, il ne fait que se pendre par les doigts au bas des barreaux, reste les pieds dans le vide. Sans un mot, la surveillante passe près de lui en dégageant une paume dans laquelle il se doit de glisser la sienne. Les élèves peuvent la voir basculer d'avant en arrière le bras saisi de Léandre dans un mouvement de balançoire au rythme de leurs paroles. On les dirait tous deux comme en une balade au bord de l'eau et du clapotis des enfants qui jouent mais, buté, à la prochaine récréation, l'incorrigible lève encore ses phalanges vers le rebord de la fenêtre aux barreaux. La surveillante, juste derrière son dos, soupire : « Léandre... » et l'entraîne par la main pour un nouveau tour de cour tout en lui demandant :

— Qu'est-ce que tu préfères à l'école ?

— J'aime bien être puni.

12

Arié en colonie de vacances

— *Plus vite, chauffeur ! Plus vite, chauffeur ! Plus vite...*

Un convoi d'ados impatients et gueulards arrive par autocar à proximité d'une colonie de vacances située dans les Vosges. Arié, treize ans et plutôt costaud, chante comme les autres sauf son voisin de siège qui reste muet, front collé à la vitre. Ce petit et faible descend bon dernier dans la cour en traînant une valise qui l'encombre comme s'il y avait à l'intérieur toute la misère du monde. « Eh bien, le chétif, on se dépêche et puis tu allais où, seul, par là ? ! » s'exclame un moniteur. Dès les premiers jours, Arié observe souvent l'étrange garçon fragile s'éloignant continuellement des autres et dont il ignore le prénom. D'ailleurs aucun des vacanciers acnéiques n'appelle ce minuscule individu qui se met rapidement à agacer de par de son mutisme têtu. Seul Arié se prend d'une discrète empathie pour lui en s'interrogeant : « Est-il si malheureux de se retrouver dans une colo où ses parents l'ont obligé d'aller ? » Arié n'en sait rien mais constate que l'isolé timide devient progressivement la cible de quolibets d'abord lancés de loin puis de sous-entendus blessants articulés plus près sur son passage. Un midi, au réfectoire, alors que les moniteurs, avant de servir, ont réclamé des tables complètes, quand le garçon s'approche de l'une d'elles, ceux qui sont déjà assis s'étalent en déclarant : « Il n'y a plus de place. » « En tout cas, pas pour les pédés... », précise même une fille. Le freluquet se laisse insulter alors les autres prennent de l'assurance et Arié, pressentant que les choses vont tourner au vinaigre, s'inquiète : « Bon, s'ils allaient trop loin, je devrais le défendre car il est si petit. » Et puis, le lendemain, le garçon en question se trouve menacé dans un escalier : « On va te casser la gueule ! On... » La victime désignée est en haut de sept marches qui descendent vers la cour gravillonnée où tous les ados se regroupent dont Arié, bien embarrassé : « Oh, putain, ça y est, ça tourne mal. Il faut que j'y aille. » Et donc Arié, courageusement, s'apprête à quitter les rangs des spectateurs voyeurs mais, là... Alors que plusieurs prédateurs, aux appareils dentaires projetant des éclairs, avaient commencé à gravir les marches en répétant : « On va te casser la... », le chétif ne les a pas laissés finir leur phrase. Il n'a pas attendu. Il est descendu et, sans un mot, celui qu'Arié croyait vulnérable les castagne à coups de poing au visage, coups de pied lancés dans les jambes et le ventre, les met vite à terre où ils se tordent de douleur puis s'en retourne à sa solitude au milieu de la cour. Un nez saigne, deux dents manquent, un coquart gonfle, une rotule luxée se couvre d'un hématome, autour d'Arié qui s'assoit sur les marches en soupirant :

— Heureusement que je ne suis pas intervenu plus tôt, il aurait peut-être cru que je faisais partie de la bande et ce que j'aurais pris moi aussi !...

13

Voyager avec toi

Voyager avec toi c'est être déjà arrivé
Je n'ai pas besoin d'aller plus loin
Tous deux si pacifique est notre course terrestre
Alléluia Are Krishna Hamdoulilah
Mes amitiés à Jéhovah

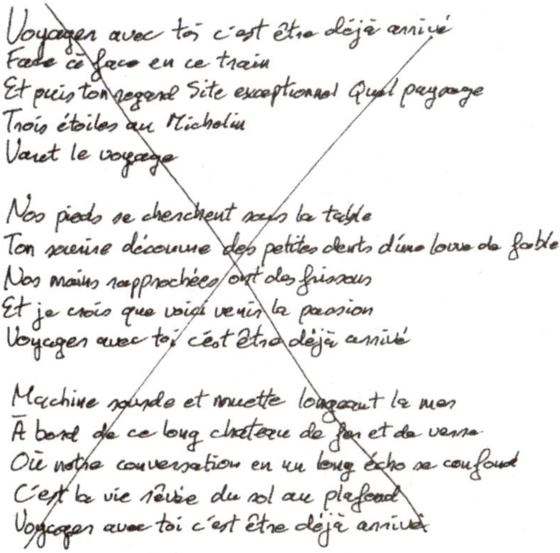
Voyager avec toi c'est être déjà arrivé
Face à face en ce train
Et puis ton regard Site exceptionnel Quel paysage
Trois étoiles au Michelin
Vaut le voyage

Nos pieds se cherchent sous la table
Ton sourire découvre des petites dents d'une louve de fable
Nos mains rapprochées ont des frissons
Et je crois que voici venir la passion
Voyager avec toi c'est être déjà arrivé

Machine sourde et muette longeant la mer
À bord de ce long château de fer et de verre
Où notre conversation en un long écho se confond
C'est la vie rêvée du sol au plafond
Voyager avec toi c'est être déjà arrivé

Comme une respiration...

Pôle de son aimant trop souvent privé
Il n'y a qu'avec toi que je vais mieux que seul
Voyager avec toi c'est être déjà arrivé
De par le fait charmant
D'un grand miracle assurément

14
Gilles à la plage

— Ah, ce matin, c'est génial. Regarde, Philippe, comme la mer est calme. Ce n'est pas pareil que les autres jours avec des rouleaux, des vagues. On va se baigner ?

— D'accord, Gilles.

Se prénommer Gilles et, à 8 h 30, quitter la terrasse fleurie d'un bungalow de vacances donnant directement sur la plage du Diamant à la Martinique. Avancer tout droit dans le sable déjà chaud vers l'eau quasi stable, tellement attirante, transparente et lumineuse. Alors que son ami Philippe arrive, après avoir lui aussi enfilé un maillot de bain, commencer à pénétrer dans la mer en l'avisant :

— Elle est bonne !

Déambuler dans un sens et puis l'autre avec de l'eau seulement juste au-dessus des chevilles avant que de progresser plus loin mais pas trop car on ne sait pas nager. En avoir jusqu'à la taille, presque au milieu du torse. Sentir sous les genoux le balancement tranquille d'une lame de fond emportant au retour des grains de sable qui vous picotent la peau. Trouver ça doux.

Vouloir revenir en marchant mais à chaque pas se retrouver en fait tiré un peu en arrière. S'étonner du niveau de la mer maintenant aux épaules, au milieu de la gorge. Dire : « Oh là là je crois que je m'en vais... » à son ami resté près du bord et persuadé que vous plaisantez. En avoir jusque sous le nez. Sautiller pour respirer mais retomber contre les talons un peu plus loin. Renverser sa tête en arrière mais en avoir au ras des yeux qui regardent le ciel immensément bleu, les cocotiers ensoleillés bordant la plage déserte. Agiter les jambes puis se retrouver debout, en apnée, entièrement sous l'eau où vous ne savez que faire. S'y débattre mais en articulant sans doute les gestes inverses d'un nageur et continuer à être déplacé sur le côté. Quel destin de crabe. Quittant sa bouche ouverte, découvrir les quantités de grosses bulles d'air qui montent éclater à presque trois mètres au-dessus de soi. Ballotté, s'étouffer d'eau de mer plein les poumons, l'estomac, en ce milieu hostile. Ce n'est pas tout le monde qui est une daurade. Yeux grands ouverts, s'accroupir parmi des tourbillons lents de sable pour tenter, par la force des cuisses, de s'élancer jusqu'à la surface en remuant n'importe comment les bras qui vous font retomber. Voir le soleil extrêmement brillant là-haut. Se rappeler encore un peu d'avoir été prénommé Gilles devant de grands flashs de lumière et puis plus rien.

Se retrouver à même la plage, dégueulant de l'eau de mer et allongé sur un flanc, entouré de pieds, de gens qui parlent, vous posent des questions :

— Comment tu t'appelles ?

— Schglou... 'illes.

— T'as quel âge ?

— Schglou !... Trente-six ans.

— Pourquoi t'es là ?

Ne pas comprendre le sens de ces questions avant l'explication d'un pompier en uniforme, agenouillé, qui vous contemple : « Bon, il répond. Son cerveau ne paraît pas avoir été endommagé. Sans doute qu'encore une minute et il aurait survécu en légume. »

— Légume ? ! Schglou ! Schglou ! Schglou...

S'étonner de voir que tout ce que vous toussez, recrachez par la bouche, le nez, ne ruisselle pas transparent. Entendre : « Quand ça commence à couler rose ce n'est pas bon mais ils s'en occuperont à l'hôpital. » Les pales d'un hélicoptère, qui débute son atterrissage sur le terrain de football tout près, remuent des senteurs de plantes à parfum pendant que la voix de Philippe raconte :

— Ne sachant presque pas mieux nager que Gilles, j'ai couru le long de la plage vide pour frapper à toutes les portes des maisons, appuyer sur les sonnettes, mais seul ce monsieur a ouvert.

— Ce matin, je ne suis pas allé travailler. Exceptionnellement, j'avais pris une journée de RTT et j'ai obtenu mon brevet de secourisme la semaine dernière. J'étais certain que ça me servirait assez rapidement.

Le soleil brille. Le sable est sec. Percevoir au loin des rythmes de musiques exotiques...

15

À *La Régal'ette*

Vent de Nordet, cap à la bolée !... Lorsque au bord des Côtes d'Armor le vent vient du nord-est, mieux vaut aller à la crêperie plutôt que de partir pêcher en mer où de toute façon les poissons bouderont les appâts. Dans une rue de Saint-Cast-le-Guildo un peu en retrait mais parallèle à la Grande Plage, l'habituellement joviale Nathalie rondelette comme une aigrelette pomme à cidre – patronne de *La Régal'ette* – n'apprécie guère ce vent froid et sec qui l'agace. Dans le restaurant, alors que son mari Dominique s'affaire en une cuisine ouverte sur la salle, seuls deux couples déjeunent lorsqu'en arrive un troisième avec des airs hautains. Quand Nathalie leur apporte les menus en demandant s'ils désirent un apéritif, ils répondent : « On va réfléchir. » Supposant qu'ils vont se dispenser d'apéro, elle revient bientôt pour savoir si elle peut prendre leur commande mais ils disent : « On va réfléchir. » Au bout d'un moment, voyant les deux se lever et enfiler leur veste avant de quitter la table, Nathalie s'étonne : « Ah, mais vous partez ? » Ils sortent dans la rue, expliquant : « On va réfléchir. » La patronne les observe allant en fait consulter les cartes exposées contre les façades des restaurants voisins puis revenir en déclarant : « On a réfléchi. » Nathalie leur rétorque : « Moi aussi j'ai réfléchi. C'est complet. » Son mari, entre les plaques de cuisson et la hotte à moteur, dodeline de la tête puis c'est le curé de Saint-Cast qui déboule en soutane. Il se régale et au moment de l'addition Nathalie veut savoir si tout s'est bien passé. Le curé affirme : « C'était bon mais le service est trop long. »

— C'est comme moi, réplique Nathalie, quand je vais à la messe je trouve ça trop long mais je ferme ma gueule.

— Nathalie..., soupire Dominique.

— Oh, ben écoute, de temps en temps, ça fait du bien !

16

Vanessa dans le métro

En ce soir d'inauguration du Salon du livre de Paris, un écrivain que je connais un peu propose à une éditrice (Vanessa) de tirer une taffe sur un pétard qu'il vient d'allumer dans la réserve d'un stand où sont entassés des ouvrages. Vanessa – belle brune à allure stricte qui suit aussi avec sérieux la prépa des romans jusqu'à leur fabrication, attention faut pas rigoler – refuse :

— Je ne fume pas de ça.

— Oh, allez !...

Bon, elle en inhale une bouffée, tousse un peu, puis téléphone à son mari : « Il est 22 heures. Je vais rentrer. Je serai à *Reuilly-Diderot* dans trente minutes. » Elle prend le métro à *Porte-de-Versailles*. Après quatre stations, Vanessa, qui se sent soudain un peu drôle, découvre le nom du prochain arrêt : *Montparnasse-Bienvenüe*. « Oh, ce deuxième mot accueillant donne envie de descendre sur le quai... » À côté d'un banc elle consulte, au mur, un grand plan du métropolitain et s'aperçoit que tout près, ligne 13, il y a la station *Gaîté*. « Je veux passer par la gaieté, moi ! » La suivante s'appelle *Plaisance*. « Plaisance ! Très bien aussi, j'y vais. » Les noms des arrêts suivants ne l'attirent pas. Après avoir titubé dans les couloirs, l'éditrice reprend le métro dans l'autre sens mais change bientôt de ligne car elle veut éviter *Invalides*. À *Concorde*, mot qui lui convient, elle refuse de se risquer vers *Ternes* et préfère prendre la ligne 8 pour passer par *Bonne-Nouvelle* puis, après un changement, *Goncourt*. « Ça, ce serait une bonne nouvelle ! » rêve, blanc des yeux plutôt rouge, l'éditrice qui, du coup, poursuit jusqu'à *Place-des-fêtes* et se détourne vers *Danube*. « Ce doit être beau aussi, les eaux du Danube... », imagine-t-elle, la langue sèche. *Malesherbes* ne la tente pas du tout. Elle avoue préférer la bonne et rejette également les lignes 8 et 9 qui lui feraient endurer *Filles-du-Calvaire* et *Rue-des-Boulets*, se retrouve à *Liberté* avant que de rejoindre, elle ne sait même pas comment, *Bel-Air* puis enfin sa station d'arrivée en bas de chez elle. C'est son mari qui lui ouvre la porte car elle a du mal à trouver le trou de la serrure.

— Eh bien, Vanessa, tu as eu un problème de transport ?

— Ah non, pas du tout, glousse l'éditrice à la mine anormalement hilare.

— À 22 heures, tu m'as dis que tu arrivais de suite et il est plus de 1 heure du matin. Je pensais que le métro était tombé en...

— Non, non. Ça a été un voyage mais alors un voyage athy..., uthi..., dati... ?

Elle cherche un mot. Son époux qui la contemple, un peu chancelante, tente de l'aider :

— Éthylique ?

— Non, idyllique !...

Vanessa dans le métro

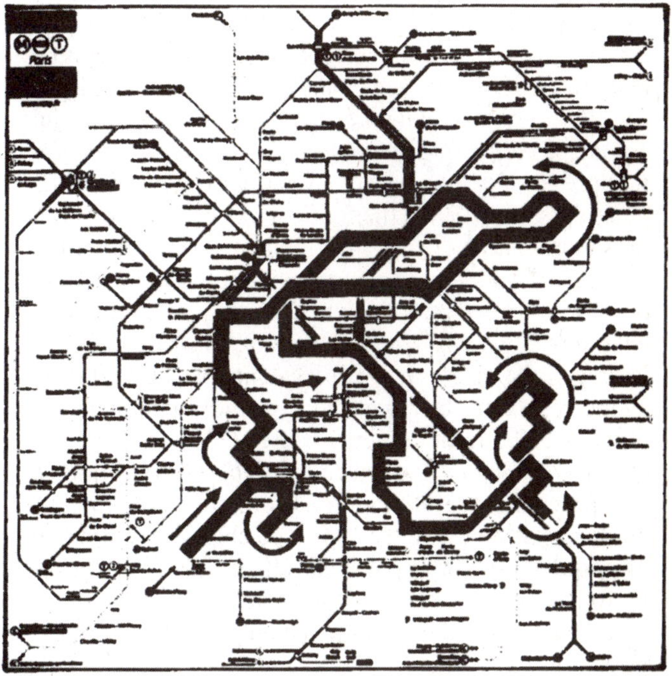

17
Chevreuil à tribord !

Ce samedi matin d'octobre, un chevreuil femelle (chevrette) quitte une forêt en étant poursuivi par des chiens aux mâchoires claquantes comme des machines de fer. La société de chasse locale a organisé une battue. Ses trompettes sonnent pour rameuter tous les hommes à fusil vers l'animal sauvage qui fuit en direction de la haute falaise du cap Fréhel. Ici, la pente devient tellement abrupte que, derrière la chevrette bondissante qui dévale, seuls les chiens poursuivent. Ils dérapent, roulent parmi les caillasses, puis reprennent leur course dans le jaune éclatant des ajoncs, le rose des arméries, le violet des bruyères, alors que les chasseurs, restés en haut, glissent des cartouches à l'intérieur du canon de leurs armes. Les aboiements furieux font s'envoler des centaines d'oiseaux marins – cormorans huppés, goélands argentés... – quand la chevrette arrive tout au bord des eaux agitées de la Manche. Entendant les chiens qui arrivent à droite, à gauche, au milieu, la bête acculée ne sait plus que faire. Elle se jette à la mer !...

Alain Lelièvre, ancien boucher à la retraite, est, dans la matinée, en train de naviguer et de pêcher avec deux amis un peu au large, entre la pointe du Fort-la-Latte et le cap Fréhel. Depuis son petit bateau à moteur et dans cette zone maritime houleuse où aiment circuler les bars, un de ses deux copains repère : « Là-bas, un bout de bois qui flotte, sans doute un tronc d'arbre. »

— Ah bon, où ça ? demande le second ami. Ah oui, à tribord. Mais il remue !

« Le tronc d'arbre remue ? » s'étonne Alain, tout en dirigeant alors son embarcation vers l'étrangeté marron et entendant : « C'est un chevreuil ! » L'ancien boucher rectifie, s'approchant de la bête : « Non, pas de ramures sur la tête, c'est une femelle. Mais qu'est-ce qu'elle fout là ? »

En pleine mer, elle nage vers Saint-Malo... Alain Lelièvre décide : « On ne peut quand même pas la laisser aller si loin. Elle va s'épuiser. Prise dans les courants, elle mourra de fatigue. Non, non, il faut qu'on la ramène sur la côte. » Le petit bateau pivote, se place face à la chevrette pour la faire changer de sens alors elle se retourne, avec sa tête de biche si mignonne, ne comprenant plus rien.

Après les chiens tout à l'heure, la voilà maintenant coursée par un bateau ! Les remous de la proue font bouillonner l'eau de mer derrière le petit cul blanc de la cervidée qui tente d'aller parfois à droite, parfois à gauche, mais Lelièvre, virant de tribord à bâbord, la maintient, cap vers la pointe de la Cierge.

Arrivée enfin sur les galets d'une minuscule plage encerclée de parois à pic, la chevrette titube d'abord, s'ébroue dans un tourbillon de gouttelettes, puis se retourne vers la mer. Elle fixe, de son beau regard, les trois pêcheurs immobiles sur leur bateau pendant plus d'une dizaine de secondes. Ensuite, de bond en bond, elle grimpe la falaise pour retrouver sa forêt aux taillis épais, feuilles mortes en décomposition, glands tombés des chênes, pommes sauvages, odeurs d'humus qui soulagent...

18

Glux

Splash !

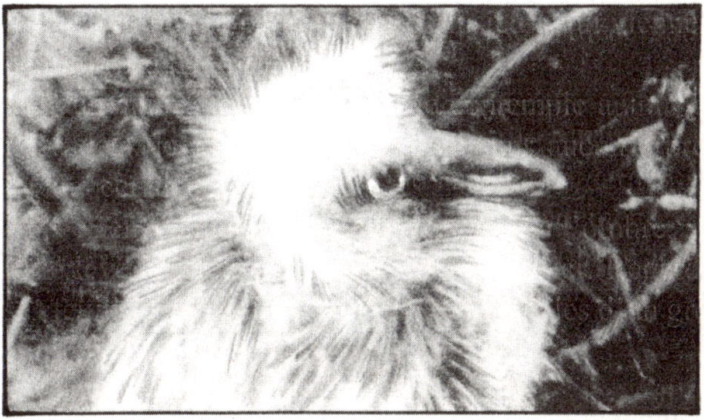

Un oisillon, à bord de son nid, chute d'un arbre du Morvan, à Glux-en-Glenne, pile devant Pierre qui le ramasse et lui dit : « Mon gars, t'es bien tombé. Puisqu'on est dans ce village, je vais t'appeler Glux. Je crois que ça veut dire *chance* en allemand. » Pierre dépose Glux, toujours dans son nid, sur le siège passager avant de sa voiture qu'il démarre en demandant : « Moi, je suis un humain mais toi t'es quoi exactement ? Je vais devoir te nourrir. Avant que de passer en Charente, on va faire un détour par Château-Chinon pour trouver une boutique vendant ce qui t'est nécessaire. » Trois jours plus tard, Pierre se désespère dans son auto garée en bord de route nationale, à proximité d'Angoulême, avec à la main son biberon pour oiseau qu'il ne parvient pas souvent à glisser au fond du gosier de Glux : « Il faut que quelqu'un d'autre entre aussi dans ton existence sinon tu vas disparaître. Je ne pourrai pas, seul, m'occuper de toi. J'ai d'autres choses à faire et villes à visiter. Je viens d'appeler un centre de sauvegarde où j'ai parlé à une femme qui m'a répondu : “Là, je dois partir mais venez déposer Glux. Je repasserai le prendre tout à l'heure et vous dirai ce que c'est. Je m'en occuperai à mon tour.” » Étant donné qu'en ce centre de sauvegarde de la vie sauvage, pour tout ce qui y est déposé, il faut d'abord remplir une fiche de suivi contenant le nom et le 06 de celui qui... – du découvreur, quoi ! –, la bénévole envoie dès le lendemain un SMS à Pierre qu'elle signe Dominique :

Pierre,

Glux est une palombe mâle – nom vernaculaire. Ce n'est pas le terme scientifique mais ainsi qu'on le nomme par ici. Je l'ai récupéré moins moribond que prévu. Il faut reconnaître que ce truc peut se révéler résistant. On dirait qu'il a envie de vivre. Je l'ai retiré de son nid d'origine plein de parasites pour l'installer au creux d'un nouveau logis en laine provenant d'un de mes anciens pulls. Tout bébé, je vais le garder au chaud car il n'est encore couvert que de duvet. Ci-dessous, vous pourrez le contempler dans sa boîte entre mes jambes.

Chaleureusement,

Dominique

—

Dominique,

Sur la photo reçue il y a quinze jours j'ai vu aussi le bout de vos jolis pieds. Parvenez-vous à alimenter Glux mieux que moi ?

Bien à vous,

Pierre

—

Pierre,

Observez, ci-joint, comme en un mois Glux s'est déjà emplumé et se nourrit bien. Pour ce faire, je serre son bec aux commissures entre le pouce et l'index. Par réflexe ça le lui fait ouvrir en grand, me permettant d'y enfoncer ce qu'il aime jusqu'à ce que son jabot soit rassasié.

Je vous embrasse,

Dominique

—

Il a de la chance d'être entre vos doigts si fins aux ongles rouges...

—

Il y grandit, se redresse, le fripon. Tout à l'heure, avant de le glisser dans ma cage, je l'embrasserai pour vous faire plaisir.

—

Sur la photo du baiser, j'aperçois le dessin de vos lèvres.

Je vous embrasse également.

—

Pierre,

Ça y est, au bout d'un trimestre, Glux se trouve dans une volière ! Parmi des tourterelles qu'il scrute, il apprend comment avaler des grains de blé et battre des ailes.

Toute à vous,

Dominique

—

Dominique à qui je pense tellement, n'allez-vous pas trop vite ? Glux est si récent.

—

Si je le conserve, il ne saura jamais se débrouiller seul. Plus tard, dans la nature, il n'aurait aucune chance. Il faut qu'il s'émancipe. C'est une bête farouche. Déjà en début d'année, j'avais rencontré une autre sorte de Glux que j'avais conservé abusivement. Quand j'ai voulu le sortir de sa cage, il a fait une crise cardiaque. Il est mort entre mes doigts. Et nous deux désirons que Glux vive, n'est-ce pas ?

—

Oui.

—

Pierre !

J'ai tout à l'heure libéré Glux !... au bord d'une rivière en rase campagne et à bonne distance des forêts où des braconniers auraient pu le prendre pour cible. Il a hésité. Il a fallu que je le secoue : « Oh, eh ! Pff ! File ! » J'ai adoré le libérer. C'était très émouvant de relâcher notre oiseau. Je l'ai suivi des yeux mais pas longtemps car il est parti très vite et loin. Il est allé vraiment très, très loin et je l'ai perdu de vue.

—

Dominique,

Il y a maintenant quelque chose venu de nous deux qui vole dans le bleu du ciel.

19
Respirez

Quelqu'un sur la grève, en voix off, converse avec un vieux pêcheur à pied qui s'éloigne face à la marée montante. Que se disent-ils ? À vous d'emplir les bulles !

Comme une respiration...

Respirez

20
Au feu...

En la maison toujours pas bleue et sans la moindre colline aux alentours, devenue muette comme hébétée pas seulement à cause de l'arrivée de l'hiver, j'apporte des branches de romarin sec, une cagette, des bûches de chêne et puis du papier journal pour enflammer tout cela à l'intérieur de sa vaste cheminée en pierre. *Courrier international*, *Le Monde*, *Ouest-France*, *Le Télégramme*..., allumette jetée, l'âtre s'embrase en éclairant, aux unes des quotidiens, de singulières photos nocturnes de Paris pleines de gyrophares et de gens courant dans tous les sens. Éteins la radio, s'il te plaît ! Dans le crépitement, on dirait que j'entends des cris ou serait-ce le pin de la cagette qui se tord et claque ? Que d'événements depuis janvier..., de draps blancs tendus sur des corps allongés. Partout une telle quantité. Tant ici et puis là. De leurs nombres additionnés, les zéros s'élèvent comme les bulles d'un curieux champagne au reflet doré des flammes. Le feu brutal du romarin s'élève en un souffle qui ouvre des pages intérieures de journaux parsemées de visages tristes. Les flammèches, traversant le papier, allument des commissures de lèvres qui s'écartent. Leur revoilà des sourires. Allez, tout ça, on oublie, qui se colle à la suie du conduit. Je ferai ramoner. La grosse bûche a bien pris et va son train. Elle attiédit la maison. Cuit, cuit, l'ensemble des nouvelles de l'année parmi les bouillonnements de sa sève. Aux pages des petites annonces qui roussissent sur les côtés des chenets, à la rubrique *Rencontre*, se manifestent des envies de solitaires qui cherchent ici une main amie. Me réchauffer les paumes au-dessus de leur espoir. Des pronostics de courses de chevaux arrivés depuis des mois, des promesses de marabouts et des résultats de jeux de hasard sont encore lisibles. Je sors. Dehors, au-dessus du toit, les spirales aléatoires d'une fumée blanche s'élèvent pour se perdre vers le ciel étoilé. Enfin l'année s'achève. La demeure historique, qui l'a digérée dans sa cheminée, la rejette en soufflant. Étreindre toute l'épaisseur d'un de ses murs :

— Aaah... Dis-moi qu'une sorte de printemps viendra.

21
L'arbres

— Tu veux une cerise, Jean ?

— Ah oui, merci. Mh... un peu surette mais elle est bonne. Tu te promènes avec des cerises, toi ?

— Ben non. J'en ai ramassé plusieurs qui viennent de tomber du cerisier.

D'un coup d'œil circulaire, je contemple autour de nous deux le chaud paysage d'été sans aucun arbre : « Quel cerisier ? »

— Ben, celui sous lequel on est assis à l'ombre.

Je lève la tête : « Ce n'est pas un cerisier. Regarde, ses feuilles en aiguilles vert foncé sont celles d'un gros conifère. »

— Oui, un if datant du XIIIe siècle.

— Donc une variété de conifère ?

— Oui mais il y a un cerisier dedans.

Incrédule, je me lève et cherche, sous les larges jupes sombres de l'if, l'arbre fruitier dissimulé à l'intérieur sauf le haut qui dépasse en quête de lumière.

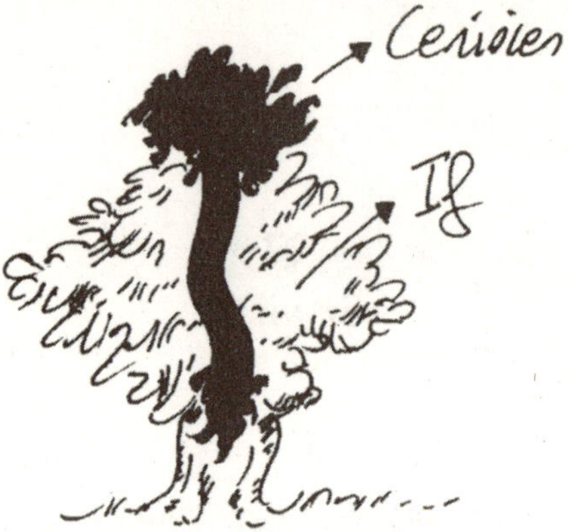

Devant l'église de Saint-Launeuc, un vénérable conifère (donc âgé de huit siècles) héberge et nourrit un cerisier sauvage – merisier – dont les racines, à la base de son tronc situé à deux mètres cinquante du sol, n'ont jamais touché la terre. Les deux ne forment plus qu'un seul arbre.

— Tu veux une autre cerise, Jean ?

22
En visite

Elle ouvre sa porte et le voit. Immédiatement sa raison s'en va : « Ah, te voilà. Je ne t'ai pas trop manqué ces dernières années ! »

— Je t'ai apporté un bouquet.

— Tu espérais le déposer sur ma tombe ?

Sa colère démarre au galop. Quel accueil ! Temps glaciaire en été, il n'y a plus de saisons. Dans ce décor aux odeurs de l'enfance de son garçon, elle pousse d'aigres cris poitrinaires. La donneuse de sa vie aboie. Elle déblatère sa peine immense et exige de lui des pardons énormes.

— Mais pourquoi ? Chaque fois que je viens, tu...

Comme s'il allait, sur des rotules saignantes, se traîner jusqu'à elle en un affreux rampement même s'il est vrai qu'il devrait savoir tendre une main pour lever cette chair accroupie et cet esprit malade mais il ne peut pas. Sa désillusion à elle pleure comme un fleuve : « Tu es venu pour me tuer ! C'est ça ? » Ô, pensées aboutissant à la folie. Un ennui d'on ne sait quoi afflige déjà son fils. C'est l'heure de l'explosion des haines amassées. Orage de fureur et tourbillons d'injures. Elle le salit d'outrages, le colle au pilori. Elle dit qu'il agit mal, qu'il parle mal, demande comment se passe sa vie d'écrivain. Il évoque ses succès. Elle n'en prédit pas moins sa ruine. Elle broie tout de lui, lui fait un peu mal à la tête. Elle le prend même pour un ivrogne : « Et quand tu as trois euros en poche, je suis certaine que tu les bois ! »

— Moi ?

C'est l'ouragan des tortures. Le voilà brûlé dans la maison de sa jeunesse. Ah, il y a de quoi en faire des sommes agités du soir à l'aube. Le gémir de la bouche de sa génitrice le gave un peu. Ce supplice aura-t-il jamais une fin ? Brûlante et suant des poisons, elle le traite comme un tueur de chiens. Son courage à lui est las d'aller plus loin. Il reprend sa veste et se barre.

— Mais où tu vas ? On ne peut pas parler avec toi !

Dans la rue, il écarte ses bras christiquement et renverse sa tête en arrière :

— De l'air !

23
Le viaduc de Dinan

On se fout de savoir comment vous vous appelez. Bidule ou Machin, vous êtes à peu près chacun de nous. Peut-être qu'à vingt et un ans vous poursuivez des études de commerce mais c'est sans intérêt. En tout cas ce samedi à 3 heures du matin, revenant de discothèque pour rentrer chez vos parents, vous conduisez votre voiture sur le viaduc de Dinan quand vous apercevez une fille debout de l'autre côté du parapet qu'elle s'apprête à lâcher. Vous pilez et descendez de l'auto. Mais de quoi vous vous mêlez ? ! Vous marchez vers elle en lui demandant : « Que faites-vous ? » « Est-ce que ça vous regarde ? Fichez le camp ! » vous rétorque cette fille de votre âge qui s'avère n'être pas du tout votre type. Quel gros cul, la boulotte, mais vous continuez d'avancer. De part et d'autre de son dos, ses doigts la retiennent encore à la barre de fer. Après avoir tourné la tête pour vous répondre, elle regarde devant puis saute alors que vous voilà tout près. Vous projetez vos mains dans le paysage et réussissez à lui choper les deux poignets. Bon eh bien voilà. Bravo ! Vous vous retrouvez plié en deux au niveau de la taille par-dessus la rambarde avec, au bout des bras, une fille pas mince suspendue dans le vide. Démerdez-vous avec ça. Ah, vous ne faites plus votre malin, surtout qu'elle se débat pour que vous la lâchiez. Elle gesticule. Putain, elle pèse une tonne, la salope ! Elle donne tant de secousses violentes, des reins, des épaules que, parfois, de l'autre côté du parapet, vos pieds en décollent du trottoir. Elle va finir par vous faire basculer, vous entraîner avec elle, cette fille que tout à l'heure vous n'auriez pas invitée à danser. Vous n'aurez jamais la force nécessaire pour la remonter. Vous vous demandez : « Mais pourquoi l'ai-je attrapée et me suis-je mis dans cette situation ? » On ne saurait penser à tout. Nous sommes tous plus ou moins dingues ! Elle griffe votre peau, cherche à vous mordre les doigts entre des « Lâchez-moi » tandis que vous gueulez « Mais arrête ! ». Vous vous mettez à la tutoyer. Il faut dire que maintenant vous êtes très liés. C'est à la vie à la mort. Vous en avez pourtant déjà vite largué d'autres bien plus jolies mais à celle-là (qui, quand même, n'est pas un prix de beauté) vous vous accrochez désespérément. Qu'elle en profite car elle n'a pas dû vivre ça souvent. À chacun de ses élans, elle risque de vous emmener. Vous essayez d'être intelligent : « Il faudrait que j'ouvre les mains » mais ne pouvez vous y résigner. « Soit j'écarte mes doigts et alors je la tue ou je ne le fais pas et je pars avec elle. » Oh, le dilemme ! Non, le mieux serait de la lâcher mais vos phalanges autour de ses poignets s'y refusent. À cette heure-là, vous devriez être arrivé à la demeure familiale. Il n'était pas prévu que vous filiez dans une chute de quarante-trois mètres en compagnie d'une mocheté pareille. « Quelle tronche de conne ! Ah oui, avec une telle gueule, on comprend l'envie de se foutre en l'air mais pas quand je passe ! C'est simple à comprendre, non ? » Cette conjoncture ne va plus pouvoir durer encore très longtemps car vous fatiguez beaucoup alors que décider ? Vous en êtes là de vos interrogations lorsque vous entendez une autre voiture qui s'arrête avec un chauffeur criant à son passager : « Appelle les pompiers ! » tandis qu'il se précipite vers vous :

— C'est qui, cette fille ?

— Ah, mais je n'en sais rien, moi. On n'a qu'à tenter de la remonter en la saisissant chacun par un bras.

Même à deux l'affaire s'avère compliquée mais finalement vous y parvenez en l'agrippant aussi par ses vêtements qui la débraillent et elle retombe en tas mou à même le trottoir du viaduc tandis qu'arrive la stridence d'une sirène. Sous le tournoiement bleu d'un gyrophare, des bras en uniforme relèvent la fille qu'ils font grimper dans leur véhicule sans qu'elle ait le moindre regard en votre direction alors que vous tombez dans les bras de celui venu vous aider. Ah, vous pouvez le remercier de vous avoir sauvé car vous auriez été assez con pour ne pas lâcher ces deux poignets !

24

Le fils de Philippe Bertrand

(dessinateur : 1949-2010)

— Pourquoi ce tatouage sur ton biceps, Théophile ?
— C'est en hommage à mon père.

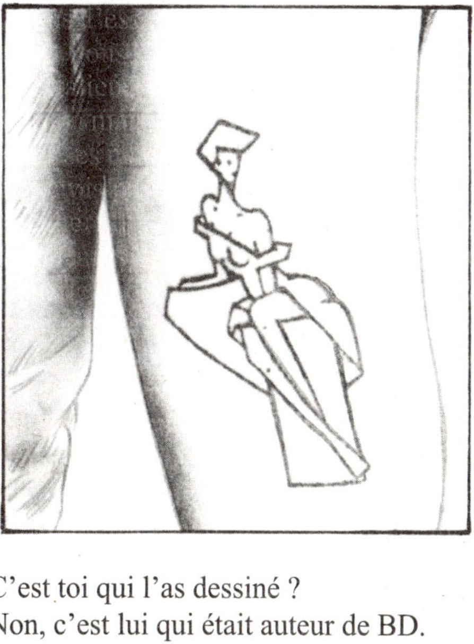

— C'est toi qui l'as dessiné ?
— Non, c'est lui qui était auteur de BD.
— Qui était ?...

— J'en ai aussi un sur le côté de la poitrine. Je m'en ferai tatouer d'autres. Regarde, là, c'est un dessin destiné aux petits car il était également illustrateur de livres pour enfants.

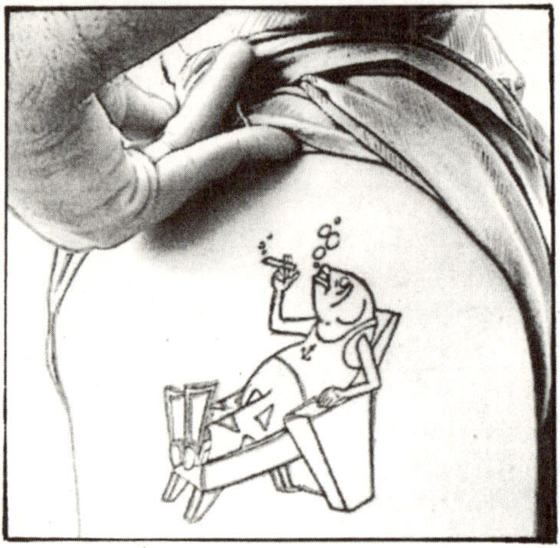

— Il te manque ?

— Quand c'est arrivé pendant ma dix-huitième année, au lycée, je le cachais. Et si des profs me disaient : « Mon pauvre petit, j'ai lu dans *Le Monde* que ton père est mort », je le niais. J'ai dû consulter une psy. C'est elle qui causait car je ne parlais plus beaucoup. Je l'ai écoutée pendant trois ans pour essayer de m'en remettre mais il n'y a pas longtemps j'ai arrêté, voulant trouver une autre solution.

— Tu penses souvent à lui ?

— Tout le temps, tout le temps, tous les jours, tout le temps.

— Tu ne feras pas effacer ces tatouages plus tard ?

— Jamais. Je les garderai. C'est inscrit. Il ne me quittera plus. Lorsque j'en aurai plein, ça me permettra de faire partager son œuvre. Je la transporterai sur moi.

— Qu'en pense ta mère ?

— Elle les a découverts un matin où je sortais, torse nu, de la salle de bains. Je sais qu'elle a trouvé ça assez joli, joliment fait, mais... Je crois qu'elle s'inquiète un peu mais...

— Mais, maintenant sur toi, ton père revit ?

— C'est exactement ça. Tu vois, quand je lève ce bras, que je force en portant quelque chose ou m'étire, il bouge.

— Et il y a dorénavant à l'intérieur de ton épiderme de l'encre comme ayant coulé de son encrier...

— La température de ma peau le réchauffe aussi. Il n'est plus froid. Bon, il manque le son de sa voix qui, quand je revenais de maternelle, me disait : « Tiens, Théophile, je t'ai dessiné des petits canards, des petits ours. » Ah oui, c'était cool. Je les coloriais ensuite, assis près de lui. J'ai très tôt admiré son talent.

— Pourquoi ces tatouages ne sont pas en couleurs ?

— Je craignais que les teintes se révèlent mal restituées, que ce ne soit pas exactement celles de mon père qui y était très attentif. Et puis elles se seraient peu à peu estompées dans ma peau. Le temps les aurait fanées.

— Les gens disent de toi que, pendant cinq ans, tu as été sombre et taciturne mais que, là, tu deviens plus ouvert. C'est grâce aux tatouages ?

— Oui !

25

Le débat de la tête et du corps

À l'intérieur d'un appartement, c'est un corps de femme qui bloque parce que, un peu plus haut, la tête a décidé qu'il doit la mener à un rendez-vous professionnel important alors qu'il n'en a pas du tout envie. La tête veut hocher verticalement en signe d'acquiescement et dire à voix haute qu'elle en est ravie mais le corps, ne partageant pas cet avis, la fige d'un torticolis soudain qui lui fait crier : « Aïe ! » La tête confiante s'obstine : « Ça va passer. Allez, debout, on y va ! » mais le corps, à qui elle a ordonné de se lever, se coince d'un lumbago : « Ouille ! » La tête déçue constate les dégâts : « Faut que j'appelle un kiné. » Il arrive. La tête ne le regarde même pas. Après avoir déplié sa table spéciale, l'auxiliaire médical aide le corps à s'allonger sur le ventre, en culotte et soutien-gorge dégrafé, puis demande à la tête : « Qu'est-ce qu'il a ? » « Il ne veut pas m'écouter. Il m'agace. À croire que c'est lui qui commande ! » Ce corps sent les paumes qui arrivent sur lui, le découvrent, cherchent à le comprendre, et ça lui est tout de suite agréable tandis que la tête s'impatiente : « Il ne faudrait pas que je sois en retard. J'espère que ça ne va pas durer trop longtemps » alors que le corps est peu pressé, tout comme les doigts du kiné qui savent prendre leur temps. Le corps se sent maintenant en confiance (c'est pas comme avec la tête !) entre les mains de celui qui décèle ce qui lui fait du bien. Il s'abandonne aux manipulations du kiné et ça l'épanouit, ah oui ! Il se laisse aller, perçoit qu'il a affaire à quelqu'un qui s'y connaît beaucoup. Ces massages-là ne lui provoquent aucune douleur. Ce n'est pas comme avec des... tels qu'il en a trop connu, des inattentifs maladroits (amants bêtement choisis par la tête) qui l'ont malaxé comme des brutes, lui faisant mal en fait. Là, le corps devient heureux. Imperceptiblement, il en ondule même langoureusement à la stupéfaction de la tête qui, découvrant cela, le réprimande en pensée : « Non mais, ça va pas ! Espèce d'obsédé, ne bouge plus ! » « Faudrait savoir. Tout à l'heure, tu me disais on y va alors j'y vais. Et puis lâche-moi. Je passe du bon temps », s'arque davantage le corps auquel le kiné paraît maintenant s'adresser directement : « Retournez-vous sur le dos et écartez les jambes. » « Ah, ben non, pitié, ne lui dites pas ça !... », voudrait supplier la tête, yeux au plafond en se mordant les lèvres, ce qui inquiète l'auxiliaire médical : « Vous avez encore mal ? » « Non, ce n'est pas ça. » « Bon, alors on arrête la séance. Vous êtes d'accord ? » demande-t-il, un poignet s'appuyant négligemment sur le mont de Vénus. « Ouiii !... » miaule la tête alors que le corps, se déglinguant, jouit comme un taré. Le corps chancelant dans sa plénitude absolue descend de la table métallique que replie le kiné toujours correct tandis que la tête bégaie : « Com-com-combien je vous dois ? »

Sitôt le praticien conventionné parti de l'appartement, le corps – bonne pâte trempée à l'entrejambe – accepte dorénavant de se soumettre aux désirs de la tête. Il se recouvre d'un manteau, place un sac à bandoulière sur une épaule tandis que la tête – bonne fille – se penche pour lui sourire : « Ça va, t'es satisfait ? On peut filer à notre rendez-vous ? Allez, c'est vrai que ça fait du bien ! »

26
Lui

En ce mercredi à quatorze heures, au centre de loisirs d'une école primaire des Ardennes, le directeur, feuille de papier dans une main et stylo dans l'autre pour cocher les noms, procède d'abord à l'appel d'une dizaine d'enfants :

— Damien Loze ?

— Présent !

— Nina Poirel ?

— Présente !

— Mohamed Allouache ?

— Présent !

— Yasmina Bersegouilla ?

— Présente !

— Noémie Krisanowski ?

— Présente !

— Clément Marin ?

— Présent !

— Paul Bercot ?

— Présent !

— Lou Lefebvre ?

— Présente !

— Léo Gouvart ?

— Présent !

— Est-ce que j'ai oublié quelqu'un ? demande le directeur.

Un garçon de huit ou neuf ans lève le doigt :

— Moi.

— Comment tu t'appelles ?

— Je ne sais pas.

Alors que les enfants pouffent aussitôt, le blondinet raillé, aux yeux bleus derrière des lunettes, baisse sa tête à la moue continuellement boudeuse tandis que le responsable du centre interroge l'animatrice à ses côtés :

— Mais c'est qui, lui ?

— Sans doute un de ceux de la classe spécialisée destinée aux mômes en situation de handicap...

— Toujours est-il que personne ne m'a donné sa fiche et qu'on ignore comment il s'appelle. Je vais voir si la chef de service est là.

Après avoir claqué dans ses mains : « Allez, vous autres, reprenez vos couronnes de galette des rois et continuez de les décorer pour la semaine prochaine », l'animatrice entraîne à part le petit mystérieux :

— Bon, tu as oublié ton nom de famille, peut-être difficile à retenir, mais quel est ton prénom ?

— Je ne sais pas.

— C'est impossible ça. Quand quelqu'un t'appelle, par exemple à la récré, il prononce bien un nom. Il dit quoi ?

— Lui ou Débilos, Gogole, Neuneu...

— Ah, mais en dehors les adultes t'appellent comment ?

— Pareil qu'à l'école.

Le directeur revient, d'un air vainqueur :

— Voilà sa fiche ! C'est un gosse de la DDASS, effectivement en inclusion scolaire, qui vit, paraît-il, dans une famille d'accueil un peu à l'ouest également. Ce n'est pas ça qui va l'aider.

L'animatrice observe le papier tendu puis se retourne vers l'enfant aux lèvres comme soudées :

— Moi, je vais te dire ton prénom mais tu auras une mission. Ta mission ce sera qu'à chaque fois que je viendrai te le demander cet après-midi, tu t'en souviennes. Ton prénom, c'est Arthur.

L'enfant en est très étonné. Ah bon, il s'appelle Arthur ? Première nouvelle ! Personne ne le lui a jamais annoncé.

— Quel est ton prénom ?

C'est si perturbant qu'il l'a déjà oublié :

— Je ne sais pas...

Alors que le directeur du centre prend momentanément en charge les peinturlureurs de couronnes de galette des rois, l'animatrice insiste :

— Répète après moi : Ar...

— Ar...

— Et puis maintenant, pour articuler la suite, tu vas enfin étirer tes lèvres que je voie un peu tes dents. C'est vrai, elles sont toujours cachées. Tu as bien des dents pourtant, non ? Vas-y : ... thur !

— Thur, grommelle-t-il, bouche obstinément close.

— Et là, tu rassembles les deux parties : Ar-thur. À toi ! Quel est ton prénom ?

L'enfant écarquille ses yeux, réfléchit intensément avant que d'avouer :

— Je ne sais pas.

L'animatrice préfère cesser son harcèlement tout en promettant :

— Il faut que je retourne voir tes camarades mais je sais que, de mercredi après-midi en mercredi après-midi, un jour tu sauras ton prénom. En attendant, viens comme les autres peindre ta couronne, Arthur.

À dix-huit heures, la porte du centre de loisirs s'ouvre sur des parents attendant leur rejeton dont ils donnent l'identité afin que l'animatrice l'appelle ensuite :

— Mohamed Allouache !... Nina Poirel !...

À la dame suivante, elle demande :

— Vous venez chercher quel enfant ?

— Lui !

Après un rictus nerveux et sans se retourner, l'animatrice, à tout hasard, appelle : « Arthur ! » et elle a le bonheur d'entendre, dans son dos, en écho : « Présent. » Elle pivote sur ses talons :

— Waouh, mais c'est génial ! Ça y est, tu connais ton prénom ! Quelle victoire !

Alors lui se jette contre l'animatrice pour l'enlacer autant que possible avec, plaquée contre elle, sa tête qu'il renverse en arrière dans un grand rire – certainement le premier de sa vie – tandis qu'elle se penche, s'enthousiasmant :

— Oh, non seulement tu as un prénom mais aussi des dents, toi qui t'appelles comment déjà ?

— Arthur !...

Il la resserre fort dans ses bras.

27
Un matin en Mauritanie

Couchée sur le côté, à même quelques tapis, dans l'obscurité aux âcres odeurs de poils de chameau tissés d'une khaïma – tente traditionnelle des Maures nomades –, les fins nuages des paupières de Catherine s'écartent, dévoilant deux astres fixes et bleus. Eux seuls sont éclairés par le rai de l'aube apparu quand le bas de la toile de ce presque chapiteau de cirque fut soulevé au ras d'un sable de désert mauritanien. C'est une foule de petites mains d'enfants qui maintiennent le lourd tissu un peu en l'air. Sans doute parce que dehors, face à Catherine, ils se sont allongés sur le ventre, leurs yeux bruns apparaissent en s'écarquillant devant le spectacle inattendu des deux iris bleu ciel qui les observent. Ils en restent cois, incrédules comme s'ils avaient des visions. Hier soir, alors qu'ils sommeillaient déjà après avoir écouté des contes, Catherine, accompagnée d'un guide chauffeur ayant dormi dans le 4 × 4, a rejoint ce campement pour la nuit et les enfants noirs ne la découvrent donc qu'à l'aurore. « Mais que la peau de cet être est blanche ! » pensent-ils lorsqu'ils la regardent s'asseoir. Catherine passe les mains derrière sa nuque pour ramener toute la blondeur de sa chevelure mi-longue qu'elle ébouriffe autour de son visage en se massant le crâne. Ça leur en ouvre une bouche bée. Lorsque Catherine se lève pour enfiler un jean, ils s'enfuient. Sortant de sa tente, la femme de type européen les voit se réfugier dans une plus grande khaïma rectangulaire vers laquelle elle se dirige. À son tour, Catherine en écarte les tentures et leur lance : « Coucou ! » Les huit filles et garçons (entre trois et six ans) bondissent, renversant la gamelle de lait de chamelle qui les attendait. Sous la toile, ils détalent partout comme des chèvres, filent en une bande folle prise d'un rêve épouvanté. Catherine contourne la tente et en surprend un : « Coucou ! » On croit qu'il va s'évanouir. Vers cet enfant vêtu de coton et d'innocence elle projette une main qui s'accroche à un pan de son vêtement traditionnel où le tissu, glissant entre ses doigts, court en frissons. La visiteuse, pivotant, découvre ensuite une petite fille : « Coucou ! » Catherine, quoique l'air câlin et fatal, est pour la gamine une féroce bondissante dont le sourire charrie des menaces de mort. Lorsque la voyageuse entrouvre ses belles lèvres en répétant « Coucou ! », pour les enfants terrifiés qui l'observent de loin, c'est comme si d'une porte sortait une horreur au dessein terrible. À Catherine qui s'étonne de l'effet produit, Béchir, son chauffeur et guide, vient expliquer : « Quand vous dites "Coucou" ils comprennent "Gougou" : le nom du diable dans l'islam malékite des nomades, alors ils pensent que vous leur annoncez que vous êtes le démon. » « Ah bon ? » Après une nuit froide, la température s'élève le long de ce désert ocre. Un vent de sable déjà chaud balaie le paysage sillonné par

Catherine saluant tous les petits de « Coucou ! » en s'amusant du quiproquo que Béchir a aussi raconté aux parents impassibles. Leurs progénitures se cachent derrière eux, s'accrochant aux voiles colorés des mères, aux djellabas des pères. Tout halète en leurs petites poitrines à l'écoute de cette voix de dame qui caresse l'oreille et cependant effraie. Cette apparition aux yeux bleus, cheveux jaunes, à la peau blanche, ne prononce que le nom du diable. C'est quoi, ça ? ! Un être pas normal comme ils n'en ont jamais vu, entendu. Comment se fait-il que les adultes – bergers commerçants – commencent à démonter tranquillement les tentes, à charger les flancs des chameaux de lourdes plaques de sel, de ferronneries et de peaux alors qu'eux, les enfants, savent le danger qui est ici ? Comment se fait-il qu'ils laissent Gougou s'élancer vers eux, lumineuse et sereine, sans s'inquiéter qu'ils en soient remués dans leur profondeur noire tantôt pleine de cris, tantôt pleine de pleurs ? Mais il est vrai que la beauté du diable attire surtout quand, devant lui (elle), un tout-petit se viande dans le sable et qu'elle le relève en lui tapotant les fesses avant de le laisser partir plein de terreur. Peu à peu les gosses ont moins peur. Les plus radicaux d'entre eux qui s'étaient armés de branches de buissons ronciers pour prendre la place des grands, prêts à, selon leur croyance, attaquer le démon quitte à en mourir, abandonnent les végétaux secs. Le soleil maintenant donne et c'est l'heure d'enturbanner les crânes d'enfants qui peu à peu pigent. Leur terreur se métamorphose en un jeu dans lequel ils entrent et ça les fait rire. Catherine, se dirigeant vers le 4 × 4 où Béchir l'attend au volant, lâche à chacun des « Coucou ! » du genre « Le diable va t'emporter » mais le diable leur est devenu extrêmement sympathique. Ils la suivent en troupeau. Elle se retourne et lance « Coucou ! ». Elle s'accroupit pour les prendre dans ses bras. Plusieurs glissent leurs doigts le long de sa soyeuse chevelure blonde, d'autres caressent sa peau blanche, certains écartent délicatement ses paupières pour contempler les yeux bleus de Gougou. Ces enfants sont dorénavant libérés. Les voilà qui peuvent voir, entendre, et toucher ce qu'ils prenaient pour le démon sans plus en avoir peur. Lorsque, assise sur le siège passager, Catherine fait claquer sa portière, Béchir enclenche la première en disant : « Quel joli monde que ce matin-là ! »

28
Low cost

Mi-février, partie de la porte Maillot à Paris en autocar pour rejoindre l'aéroport de Beauvais, une troupe de quatre comédiens improvisateurs, dont un musicien danseur, se présente au comptoir d'enregistrement d'une compagnie low cost. La production peu argentée leur a fait parvenir des billets pas cher pour Łodź en Pologne où ils devront se produire le soir même et les onze suivants. Comme indiqué sur le document joint au billet d'avion, chacun n'a pris qu'une valise cabine, bourrée à craquer de vêtements car il fait moins dix-sept à Łodź, sauf le musicien danseur de la troupe venu avec aussi une mallette contenant ses instruments de musique, ce qui pose problème à l'enregistrement :

— Vous n'avez droit qu'à un seul bagage.

— Oui mais je suis musicien alors il me faut bien mes...

— Vous n'avez droit qu'à un seul bagage.

— Ma valise pleine de tenues de scène dans le compartiment, je pourrais garder la mallette sur mes...

— Vous n'avez droit qu'à un seul bagage.

— Et en payant un supplément ?

— C'est le prix d'un billet passager plein tarif.

— Quoi, pour seulement un bagage à main ? !... Jamais le théâtre ne me le remboursera.

Le musicien danseur se retourne vers ses trois collègues attendant leur tour :

— Je ne sais pas quoi faire.

Les improvisateurs improvisent par la voix d'Isabelle, unique femme de la troupe : « On n'a qu'à monter dans l'avion, vêtus également de tous tes habits par-dessous et dessus les nôtres. Tu videras ainsi ta seconde valise que tu abandonneras là. »

— C'est à dire que..., se décourage le musicien danseur, en plus de (pour la présentation du spectacle) mon habit queue-de-pie que je ne dois absolument pas froisser, à la demande de la chorégraphe, j'apporte une douzaine de tee-shirts et pantalons de jogging...

— Autant de tee-shirts ? s'ébahit l'un des deux comédiens.

— Douze pantalons ? n'en revient pas l'autre.

— Plus mes pulls, chaussettes longues, slips, et...

— Ça va aller, promet Isabelle. Où sont les toilettes ?

La troupe fait forte impression en réapparaissant dans l'aérogare après avoir franchi l'embarquement devant des employés de la compagnie low cost qui se sentent bernés. Buste arrondi comme celui d'un Bibendum Michelin, sous cinq pulls d'hiver plus un sixième mis en écharpe avec les manches autour du cou, Isabelle se trouve dans l'incapacité de rabattre ses membres supérieurs le long du corps. Bras de chaque côté maintenus presque à l'horizontale, qu'elle ne peut tendre en avant, c'est de profil qu'elle présente son numéro de siège à l'hôtesse en haut de la passerelle que, derrière elle, gravissent avec difficulté les deux comédiens haletant aux pattes tellement boursouflées par l'épaisseur de tant de pantalons de jogging superposés. Plusieurs paires de chaussettes aux pieds, en replètes pelures d'oignon, bourrent leurs baskets trop distendues et à chaque marche métallique ils manquent de tomber en piétinant leurs lacets défaits. « Tous ces tee-shirts moulants les uns par-dessus les autres, ça me coince aussi un peu », s'étouffe l'un des comédiens tandis que son collègue relativise : « Ne te plains pas. Ce n'est pas toi qui a les six slips de danseur t'écrasant l'entrejambe. » Dans la carlingue climatisée il fait vingt degrés. Oh, putain, les trois croient qu'ils vont crever de chaleur. Écarlates et presque en état d'apoplexie, ils ont aussi d'énormes difficultés à s'asseoir près de passagers qu'ils encombrent sauf le musicien danseur plutôt à son aise. Très cérémonial, en queue-de-pie, quoique tout de même un pantalon de jogging sous celui de son habit de gala (à bande de satin sur le côté extérieur des jambes) mais pas plus afin de le préserver, certes deux paires de chaussettes mais aucunement davantage pour éviter de déformer ses beaux souliers vernis, il étire au bord de sa gorge trois cols successifs de tee-shirts mais sinon ça va. Il a porté la valise d'Isabelle (c'est sympa de sa part) qu'il range au fond d'un compartiment près de la mallette contenant ses instruments de musique. L'avion décolle. Le musicien danseur est soulagé d'être du voyage. Il respire d'autant plus qu'il n'est pas trop vêtu près de ses amis en nage, engoncés dans tous ses vêtements :

— Merci les copains.

— De 'ien, suffoque Isabelle.

29

It's just a shot away

Un fan des Rolling Stones (presque aussi âgé qu'eux) – Roger – arrive dans la salle d'attente d'une clinique de Montpellier avec, en tête, sa chanson préférée du groupe anglais : *Gimme Shelter* (contraction de *Donne-moi un abri*). Assis au bout d'un banc, il fait coulisser la fermeture Éclair de son blouson de motard qui s'ouvre sur un tee-shirt gris, tendu par son ventre rond et décoré du logo emblématique des célébrissimes rockers : la fameuse bouche à la langue tirée.

Roger, lui, écarte ses lèvres en fredonnant :

Ooh, a storm is threatening
My very life today
If I don't get some shelter
Ooh yeah I'm gonna fade away

Entre ses mains, vibre une feuille de papier – les résultats de ses analyses médicales – qu'il contemple en soupirant sa traduction approximative de la chanson :

Hou, un orage menace
Ma vie aujourd'hui
Si je ne prends pas une décision
Oh ouais je sais comment je vais claquer

Il poursuit en yaourt : « Bla, bla, bla, ma vie, tout ça, est en ligne de mire. *It's just a shot away* ». La porte s'ouvre sur un jeune médecin à lunettes.

À l'intérieur de son cabinet, Roger s'installe sur une chaise face à ce praticien silencieux retournant derrière son bureau avec une feuille de papier qu'il consulte en ajustant ses bésicles tandis que le patient, penché vers lui, se lance :

— Bon, docteur, je vois que nous avons reçu le même courrier et que, tout comme moi, vous savez que les nouvelles ne sont pas bonnes. Mes résultats d'analyses semestrielles sont affolants. Les clignotants au rouge indiquent une récidive. Il y a le retour d'une couille dans le potage. J'ai lu que des chiffres avaient soudainement quadruplé tandis que d'autres avaient chuté de façon vertigineuse.

Du Roger qui parle, le médecin ne regarde que, sur le maillot gris, la grosse bouche des Stones imprimée qui s'agite au rythme d'une respiration haletante et des paroles qu'il entend :

— Alors moi, docteur, je suis venu vous dire que vous pouvez remballer votre arsenal chimio et autres amuse-gueules. J'ai déjà donné il y a dix ans et j'en ai suffisamment chié de ce truc qui, en plus, m'a collé le cul rouge. Il n'est pas question que je refasse un tour du maudit manège. J'ai une fois attrapé la queue du Mickey. Une seconde fois ce serait abuser.

Dans les plis de tissu remuant du tee-shirt, la langue dessinée paraît ravaler sa salive avant que d'expliquer :

— Depuis que j'ai parcouru ce satané papelard j'ai su trouver un copain italien qui s'appelle Beretta : un calibre 7.65 dont je me servirai pour me tirer une balle dans la gueule – *It's just a shot away* – dès que je sentirai que ça va trop mal. J'ai donc un flingue – ma panacée – et une forêt à huit kilomètres de chez moi pour ne pas dégueulasser. Ma copine étant femme de ménage, je ne ferai pas ça à la maison pour éviter qu'elle doive ensuite racler des bouts de cervelle de son mec collés au plafond. Je n'ai pas envie non plus de me faire engueuler *post mortem* alors que, dans le bois là-bas, les corbeaux et autres oiseaux, en se picorant leurs plumes souillées, se régaleront de mes pensées de taré. Un flic m'a expliqué comment s'y prendre. Il faut plaquer le bout du canon verticalement sous son menton pour ne pas louper le cerveau et non pas lui tailler une pipe parce que, lors de la secousse, on risque de seulement s'emporter la mâchoire inférieure et alors là on survit en ayant l'air d'un con. Ça vous change le sourire.

Le médecin, obnubilé par l'illustration du maillot, a un rictus tandis que s'étirent les commissures des épaisses lèvres représentées sur le coton gris pendant que la voix de Roger, décidément volubile, n'en a pas terminé avec sa logorrhée :

— Alors, je sais ce que vous allez me dire, docteur : « Hou là là, j'en ai déjà entendu des proches de la phase terminale me promettre qu'ils allaient se foutre en l'air mais en fait bien peu passent à l'acte. Si je leur donne de l'espoir en assénant qu'on va y arriver eh bien ils m'écoutent. Certains le font, certes, mais, en général, la quasi-totalité s'accroche à la vie et c'est ainsi que vous allez agir. » Ce à quoi je vous réponds : « Ouais, ouais, c'est ça, des clous ! Je viens de perdre deux potes pris entre les pinces de ce piège... À la fin ils n'étaient pas beaux à voir avec leur crâne chauve à la Yul Brynner et ce n'est pas mon style de coiffure. J'ai un troisième ami, en ce moment à l'hosto, prisonnier d'une sonde dans la bouche comme s'il était un gardon au bout d'un fil de pêche. Quand je lui ai demandé comment il se sentait, ne pouvant plus parler, il m'a écrit au dos d'une ordonnance : *Je traverse un tunnel atroce et ça ne se partage pas, Roger*. Ce n'est pas que je sois plus héroïque qu'un autre mais vous savez je suis déterminé. À soixante-huit ans, ça va, j'aurai vécu quarante et un an de plus que Brian Jones dont les harmonies stoniennes au sitar et au marimba m'auront longtemps bercé. Je n'en attendais pas autant avec tout ce que j'ai picolé au troquet dans lequel d'ailleurs je vais retourner avaler aussi des cachets pour me calmer et m'aider à dormir en attendant de faiblir et que je...

— Je peux en placer une ? l'interrompt le médecin.

La langue des Rolling Stones se fige :

— Ouais, ouais, allez-y mais vous ne me ferez pas changer d'avis, jure Roger.

— Attendez... J'ai le *pif* et suis quand même un *briscard* comme vous diriez. Je vous affirme qu'il y a quelque chose qui ne me paraît pas clair dans vos résultats. La tache décelée provient peut-être d'une séquelle normale d'anciennes radiothérapies et les analyses ont pu être faussées par une erreur de retranscription mais on a de la chance...

— On a de la chance, on a de la chance, relativise Roger, vous peut-être mais moi...

— On a reçu avant-hier à la clinique une nouvelle machine 3D de très haute technologie. Il y en a vingt dans le monde dont deux en France, une à Paris et l'autre ici. Avec elle c'est la certitude absolue. Son diagnostic est imparable à cent pour cent. Laissez-nous au moins l'essayer. Vous serez le premier à la tester. Elle va nous dire où vous en êtes. Après, avec votre copain italien, vous irez faire une balade en forêt si vous voulez mais patientez huit ou dix jours, le temps d'avoir ses conclusions.

— Je n'y crois pas. *It's just a shot away.*

Une semaine plus tard, un vendredi, le téléphone sonne à sept heures du matin chez Roger qui est au lit près de sa chérie endormie :

— C'est votre médecin à l'appareil. Je viens d'avoir vos résultats à l'instant. Il n'y a rien. Je raccroche parce que je dois partir opérer.

Roger, maintenant assis dans son plumard, se liquéfie. Les somnifères, tout ça, il ne parvient pas à réaliser. Il a envie de rappeler le docteur pour être certain d'avoir bien compris mais ne veut pas l'emmerder. « Comment ça il n'y a rien. Ce n'est pas normal. Je m'étais habitué, moi, à l'idée de bientôt crever. » Le plafond de sa chambre devient trop bas pour lui car il voudrait sauter en l'air, attraper les nuages, s'accrocher aux couilles de Dieu. Il quitte sa maison sans bruit pour chevaucher une antique Triumph Bonneville et file vers le bois où il imaginait terminer son existence. Sur la moto anglaise tout s'embrouille dans sa tête et la chanson des Stones lui revient, surtout la fin où Jagger a renversé l'intention de départ : *It's just a kiss away*. Le long d'une petite route goudronnée toute droite qui coupe à travers des vignes, blouson ouvert, le tee-shirt gris de Roger flotte dans le vent et la bouche sérigraphiée, remuée par les bourrasques, y gueule que la suite de son destin n'est en fait qu'à portée d'un baiser. *It's just a kiss away !*

30
Salle de réveil

Jacques, ayant depuis quelque temps une repoussante haleine de furet mort due à des remontées gastriques qui lui pourrissent la vie et celle de ceux qui l'entourent, a pris rendez-vous dans une clinique du Sud-Ouest pour une fibroscopie qui s'est passée sous anesthésie. À l'intérieur de la salle de réveil, encore groggy, il soulève ses paupières et reconnaît, devant une porte laissée ouverte sur le couloir, la voix du chirurgien annonçant à l'anesthésiste :

— Il en a pour trois mois.

— Ah bon, c'est si grave que ça ?

— Ben tiens, mais à son âge il comprendra.

Jacques s'inquiétant : « Si ça se trouve, ils parlent de moi » fait une drôle de gueule mais s'interroge quant à l'expression « À son âge, il comprendra » alors qu'il n'a que quarante-deux ans. C'est alors qu'il tourne la tête vers sa droite et découvre près de lui un vieillard également alité. Jacques, un petit peu honteux de penser cela, n'en demeure pas moins drôlement rassuré – « Bon, c'est pour ce pauvre vieux. Ouf ! » – alors que le chirurgien et l'anesthésiste pénètrent dans la salle de réveil. Ensemble, ils se dirigent vers la couche du cacochyme : « Monsieur Leauduru, votre coloscopie s'est parfaitement déroulée et n'a signalé aucune anomalie. Il vous faut maintenant juste penser à péter souvent afin d'évacuer l'air de l'intestin. Vos enfants qui attendent en bas vont monter vous rhabiller. » Près de l'aïeul, Jacques verdit et panique : « Merde, alors ce qu'ils ont dit dans le couloir était donc pour moi ! » Les deux médecins s'approchent de son lit. Le chirurgien, en guise de charlotte, a le crâne couvert d'un bandana noué derrière la nuque et décoré d'une tête de mort. Il sourit à Jacques qui se demande : « Mais pourquoi cet air hilare alors que je n'en ai plus que pour trois mois ? » L'autre lui annonce : « Bon, alors vous, c'est une brachyœsophage avec une légère plaie sur la muqueuse que j'ai pu facilement panser. Même pas besoin d'effectuer une biopsie. Vous pouvez rentrer chez vous ! » Jacques ne comprend plus rien. Pendant qu'il commence à lacer ses souliers, il entend dans le couloir les deux médecins poursuivre la conversation qu'ils avaient avant d'entrer en salle de réveil :

— Alors tu comprends, raconte le chirurgien à l'anesthésiste, moi, en tant que président de mon club de rugby, je vais dire à ce joueur : « On n'insulte pas un arbitre ! Jamais ! Un arbitre a toujours raison ! Toi, en fin de carrière, tu dois comprendre ça. Tu as mérité cette sanction de trois mois de suspension... »

« Ah, putain !... » soupire Jacques.

31
Joli-Thorax aux commandes

Un matin printanier de la fin des années 1970, la *Diane* – sous-marin classique de huit cents tonnes aux moteurs diesel – quitte tout droit et en surface la base de Toulon vers les eaux de la Méditerranée... À l'intérieur, Éric – dix-huit ans et bon mécanicien naval débutant sorti onzième de sa promotion – aurait pu choisir, étant donné son classement, de travailler sur un porte-hélicoptères prestigieux mais a préféré opérer dans les submersibles parce que c'est payé cinquante pour cent plus cher. Novice, il quitte la salle des machines où il a une dernière fois vérifié quelques niveaux d'huile mais, puisque le navire va bientôt plonger, les moteurs ont été stoppés car il leur faut un appel d'air pour fonctionner. Éric va maintenant changer de poste et se retrouver barreur de direction – tâche peu compliquée où il lui suffira de faire aller la *Diane* plus ou moins à tribord, à bâbord, en suivant les ordres de son supérieur. Le long du couloir menant au poste central, il rejoint deux électriciens qui vont devenir barreurs de profondeur, un pour la descente et l'autre pour la montée. Éric leur demande :

— En ce début d'opération qui est le patron du central ?

— Joli-Thorax.

— Oh, putain, l'autre con ? ! Mais il paraît que...

— Malgré ses barrettes, l'avant-dernière fois qu'il a piloté la *Diane*, relate un des deux électros, alors qu'il y avait eu un court-circuit sur une torpille du poste avant et que des gars l'élevaient grâce à des palans pour la réparer, cet abruti de Joli-Thorax, sans les prévenir, a ordonné une trop brutale remontée alors la torpille d'une tonne a ripé et filé en arrière défoncer l'escalier de fer qui mène à la salle des machines. Les mecs en ont drôlement chié pour désincarcérer la bombe et les mécaniciens ont dû ensuite descendre par des cordes pour aller voir les moteurs...

Presque arrivés à leur poste commun, le second électro raconte à un Éric un peu pâle :

— La dernière fois que Joli-Thorax a été aux commandes de la *Diane*, tandis qu'elle naviguait en surface, un peu d'eau des vagues était entrée dans sa *cathédrale*, tu sais, là, le dôme au-dessus de nous. Il fallait donc la purger mais Joli-Thorax a dit : « Ouvrez les purges » sauf que « Ouvrez les purges », dans notre jargon, ça veut dire « Faites plonger le sous-marin ». En dessous, le barreur de descente qui était à ma place reçoit un ordre, il l'exécute. Il fait aller la *Diane* en piqué sauf que la cathédrale était encore ouverte. D'un seul coup, six tonnes d'eau ont pénétré dans le submersible qui a bien galéré pour rejoindre Toulon où il a fallu passer la serpillère pendant plus d'un mois.

Les trois barreurs parviennent à destination en découvrant, de dos, un officier debout et de petite taille mais qui se tient très droit, épaules en arrière pour mettre son buste en valeur d'où un surnom de Joli-Thorax. Avec arrogance, il ordonne aux trois nouveaux venus : « Changement d'équipe en attendant l'arrivée du prochain patron de central ! » Les trois qui étaient déjà aux barres, lors des manœuvres pour quitter Toulon, et avaient bossé toute la nuit afin de préparer le sous-marin, laissent leur place à Éric et ses deux comparses. L'équipage de la *Diane* est divisé en trois : sur la presque soixantaine d'hommes à bord, un tiers se trouve au repos tandis qu'un autre tiers se tient en alerte pendant que le dernier tiers travaille et toutes les huit heures ça tourne. Il n'y a qu'en patrouille de guerre que chacun reste sur le coup mais pas en exercice comme aujourd'hui. Éric s'installe à sa barre juste à côté du Joli-Thorax aboyant : « Direction, dix degrés à bâbord ! Descente, barre à cinq ! » La *Diane* doit alors tourner légèrement à gauche et s'enfoncer un peu plus sous les eaux de la Méditerranée. Elle doit !... On ne peut que l'imaginer car tout se fait ici en aveugle. Il n'y a aucun hublot nulle part pour voir quoi que ce soit. Continuellement baigné de huileuses lumières électriques faisant perdre aussi la notion du jour et de la nuit, seul le *pacha* – commandant de bord installé ailleurs où se trouvent les radios et entouré de cartes, de sonars – sait où ils sont et où ils vont. Ses ordres arrivent au poste central par un haut-parleur dans lequel résonne maintenant sa voix : « Droit devant, descente de routine avec mesures de sécurité habituelles au ras de la plaine abyssale après la fosse de Cassidaigne à cinq milles... » Joli-Thorax – monsieur je-sais-tout sans jamais rien consulter – traduit l'ordre du commandant à l'un des barreurs de profondeur d'un air méprisant : « Descente à cent quatre-vingts mètres, barre à vingt ! » On sent que le sous-marin pique bientôt du nez en un angle de vingt degrés. C'est alors que celui qui doit prendre la relève de Joli-Thorax arrive au central en se retenant au montant incliné de la porte. Il regarde les écrans et demande à l'autre prétentieux :

— Où descend-on ?

— Vers la plaine abyssale.

— À cent quatre-vingts mètres de profondeur ?

— Ben oui.

— Désolé d'intervenir mais il n'y a que cent soixante mètres de fond.

— Oh, putain !...

Le nouveau patron de central chasse l'ancien en lui disant : « Laissez-moi votre place. Je reprends la main » puis ordonne aux barreurs de profondeur : « Vite, vous remontez, d'abord barre à quinze. Vous redressez. On ne descend pas à plus de cent cinquante mètres. Barre à dix ! » Dans la cantine de la *Diane*, sur les tables dont les pieds sont vissés au sol, les verres et les couverts qui ont glissé d'un côté dérapent soudain dans l'autre sens. L'un des stoïques sous-mariniers attablés se marre : « Ce doit être Joli-Thorax qui gouverne. » Le connard à barrettes incriminé ne la ramène plus. Il quitte la cabine, dos tout voûté, pour longer le couloir telle une petite souris. « Ça lui retirera peut-être le manche à balai qu'il avait dans le cul... », grommelle le barreur de descente alors que le nouvel officier, ne pouvant critiquer un autre gradé, se contente d'un « Ce n'était pas son jour ».

— Ça a failli être le nôtre..., ose commenter le barreur de montée. Un sous-marin qui tape au fond s'ouvre une voie d'eau et, à cent soixante mètres, c'est la noyade assurée pour tout l'équipage. Après la *Minerve*, mystérieusement disparue, dont l'épave n'a jamais été retrouvée puis l'*Eurydice* il n'y a pas longtemps...

« Joli-Thorax a-t-il eu deux frères ? » sourit le second barreur de profondeur alors qu'Éric, comme en apnée, pâlit de plus belle. Heureusement qu'il ne peut pas voir à l'extérieur les remous soudains du fond de la mer, les coraux qui s'envolent. C'est qu'un bâtiment pareil, une fois lancé, possède une grande force d'inertie. On ne redresse pas ses huit cents tonnes d'un claquement de doigts. Il faut du temps. Trop !... selon l'avis d'Éric. Lorsque la *Diane* réapparaîtra en surface pour ouvrir et remplir ses caisses d'air, il se remettra lui aussi à respirer en se promettant : « Tant pis pour les cinquante pour cent de salaire supplémentaires, je ne veux plus de ce destin de sardine en boîte dirigée par un taré comme Joli-Thorax. Je vais demander ma mutation ! »

32
Une enveloppe

À quinze ans en 1969, se retrouver dernier de sa classe de troisième dans un collège de banlieue parisienne et, au conseil d'orientation, vu les résultats des deux premiers trimestres, apprendre qu'on vous dirige d'office vers la mécanique auto alors qu'on s'en fout des moteurs. Se lamenter : « Oh, la vache, toute ma vie je vais recevoir de l'huile de vidange sur la gueule... » Le lendemain matin, traîner la patte jusqu'à l'école pour débuter par le cours de dessin. S'appliquer malgré tout à représenter une fleur en bourgeon quand le prof, s'appelant Pierre Pillot, s'approche et vous arrose de ses mots : « Toi, d'habitude plutôt joyeux, tu en fais une tête aujourd'hui ! » « Hier, on m'a collé en mécanique auto. » « Mais non, tu es plutôt bon en dessin. Tu pourrais tenter le concours d'entrée dans une école d'art. »

— Une école d'art ? Ça existe, ça ?...

— Bon, bien sûr, c'est difficile d'y être admis. Sur une moyenne de cinq cents candidats, ils ne prennent que les cinquante premiers. Mais tu pourrais essayer l'école de la rue Madame.

Essayer l'école de la rue Madame ? Rien que cette phrase, à quinze ans, ça parle. Le prof calme vos ardeurs : « Actuellement, tu n'es pas au niveau. Pour t'en approcher, pendant tout le dernier trimestre, il te faudra prendre de nombreux cours du soir » alors que vous prenez conscience des réalités : « Bon, laissez tomber. Ma mère est femme de ménage, mon père ouvrier. Ils ne pourront pas payer. Tant pis, je ferai mécanique auto... » Avoir la chance que Pierre Pillot s'insurge : « Puisque c'est ainsi, je te les donnerai moi-même, ces cours, et tes parents n'auront rien à débourser. » Mars, avril, mai... après les heures de classe, presque tous les soirs dessiner et redessiner sous le regard critique du prof chez lui : « Donne plus l'illusion de l'arrondi de ce vase. Ombre-le mieux. Fais-moi croire en la transparence et à l'éclat du verre d'eau. Dessine-toi face au miroir. Plus haut, les yeux. Sois attentif. Tu es droitier alors chez toi, ce week-end, dessine ta main gauche, poing serré, doigts tendus, et tu me montreras tout ça au collège, lundi. Pense à peindre aussi en te rappelant ce que je t'ai dit sur le mariage des couleurs primaires et secondaires. » Début juin, très tôt, se retrouver à patienter dans une cour d'école du sixième arrondissement de Paris remplie de mômes de votre âge. Les compter : un, deux, trois, quatre, cinq, six, sept, huit, neuf, dehors. Seul le dixième étudiera ici. Ah, putain, se concentrer ensuite sur le concours !... Les matins suivants, dans son HLM, réclamer à sa mère : « Je peux aller voir s'il y a du courrier ? » Et puis un jour, dans la boîte aux lettres, une enveloppe beige sur laquelle on lit : *Art et dessin, rue Madame* adressée à votre nom. Se retrouver le souffle coupé. Déchirer lentement un coin de l'enveloppe d'où on sort une feuille pliée en deux. Ouvrir la lettre. Y voir danser des mots noirs, comme abstraits, mais surtout remarquer au milieu de la page l'empreinte rouge d'un gros tampon écrivant : ADMIS. Ne pas parvenir à y croire. Rester là, hébété, mais se disant quand même : « Je suis sauvé ! Maintenant ce sera à moi de m'y coller. » Cette lettre... Savoir immédiatement qu'elle sera la plus importante que vous aurez jamais reçue. La plaquer contre son cœur, vouloir la garder toujours en ignorant qu'il faudra la laisser lors de l'inscription mais avoir conservé son emballage. Alors que, plus grand, on jettera tout, avoir continuellement épargné cette enveloppe où on a un jour trouvé la clé de sa vie. Blême, remonter les trois étages de la cage d'escalier et seulement demander à sa mère :

— Je peux appeler monsieur Pillot ?

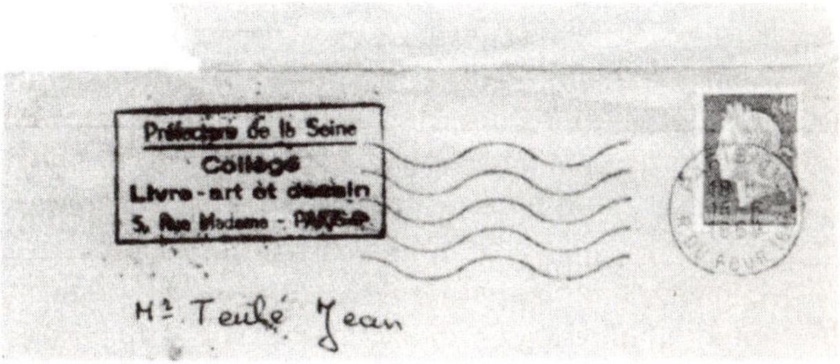

33
Une bonne blague

— Bon, je vais aller prendre un bain !...

Léonard, grand et solide rugbyman de vingt et un ans à la peau hâlée, se lève en poussant le banc d'une longue table de jardin abritée par l'ombre d'un des cèdres de ce parc arboré en friche. Sous le soleil d'août, il abandonne, devant les restes du déjeuner, son frère Henri et son cousin Roland, tous deux âgés de dix-sept ans, qui se curent les dents pour en débarrasser les interstices de quelques débris d'aiguillettes de canard. Le sportif, se dirigeant vers une typique demeure basque blanche et rouge datant du XVIIIe siècle, passe devant sa petite sœur qui joue aux cartes avec leur grand-mère presque aussi vieille et délabrée que la bastide dont elle est propriétaire.

— Mamie, faudrait quand même un jour changer la poignée de cette porte d'entrée... C'est vrai, elle reste toujours dans la main !

L'aïeule ne répond pas. À une trentaine de kilomètres de Bayonne, le monde en ce début d'après-midi est comme endormi. Depuis le parc, on entend bientôt vibrer les tuyaux descellés de la salle d'eau. Le père de Roland, sur une chaise longue, lit *La République des Pyrénées*. Le temps s'éternise.

— Il est long, l'autre, pour prendre son bain, s'évente, au bout d'une demi-heure, le jeune cousin toujours attablé.

— As-tu encore des préservatifs sur toi, Roland ?

— Pour quoi faire ?

— Après avoir plongé le seau au fond du puits, on fabriquerait deux bombes à eau glacée qu'on lui balancerait sur la tronche pour le secouer. Son bain devant être bouillant, ça lui fera du bien.

— T'es fou, Henri. Tu as vu comme il est balèze, ton grand frère au caractère sanguin ?

— Le temps qu'il enfile un slip pour tenter de nous rattraper on sera déjà loin dans les champs de piment.

Ces deux ados amateurs de plaisanteries potaches arrivent bientôt en fourbes devant la maison. Roland retient au bout de ses bras les deux capotes très distendues emplies d'eau fraîche. Henri veut, le premier, franchir le seuil de cette bastide mais grommelle : « Ah, cette poignée !... » D'une main, il la réinstalle sans bruit avant que de glisser, de l'autre main, la lame d'un couteau à beurre entre le chambranle et la porte disjointe de la salle d'eau dont il soulève le loquet. Les pentures pivotent silencieusement à l'intérieur des gonds et les deux traîtres pénètrent en mode commando dans la salle de bains. La baignoire se trouve contre le mur de gauche sous une petite fenêtre close et l'on voit, de dos, Léonard assis dans l'eau fumante. Les deux jeunes salopards élèvent chacun un énorme préservatif qu'ensemble ils laissent retomber et éclater sur le crâne et la nuque du deuxième-ligne du club de rugby local qui ne bouge pas d'un poil au grand étonnement des terroristes aquatiques. Roland, qui n'en revient pas, s'avance pour contempler de face ce mec statufié aux avant-bras posés sur les rebords de la baignoire et à la peau maintenant si pâle, presque bleue, telle celle de Jim Morrison à la fin du film sur les Doors d'Oliver Stone. Au bout de ses longues jambes, ses pieds bloqués contre l'autre extrémité de la vasque l'ont empêché de glisser et de se noyer. Henri ressent une soudaine migraine et chancelle : « J'ai des étourdissements. Je vois flou. » Roland tourne la tête vers le chauffe-eau près du lavabo :

— Ça ne sent rien mais il y a sans doute un refoulement de monoxyde de carbone. Barre-toi prévenir tout le monde pendant que j'ouvre la fenêtre !

Alors que le long du couloir son cousin crie : « Léonard a un problème dans la baignoire. Faut appeler les pompiers ! » Roland gifle l'asphyxié : « Oh, oh, Léo ! » mais il ne se réveille pas. Entre cinq et huit minutes plus tard, au milieu de toute la famille réunie qui encombre la salle de bains, la victime nue est dorénavant à plat dos sur le carrelage, visage recouvert d'un masque à oxygène et de débris de capote anglaise, sous des secouristes avouant leur impuissance : « Il faut appeler un hélico pour l'hôpital de Bayonne ! » L'aéronef dont les pales secouent les piments du champ d'à côté se retrouve vite chargé de la civière supportant Léonard reprenant peu à peu ses esprits. Avant qu'il ne grimpe lui aussi dans l'appareil, le médecin urgentiste, à qui les deux jeunes cousins confus ont raconté l'histoire, n'a que ce commentaire :

— Comme quoi une connerie, parfois, ça a du bon !...

34
Le sac à main

Mars 1963... De retour de guerre d'Algérie et dégoûté par la vie à vingt-cinq ans, dans la rade de Lorient, Georges a déserté les commandos marine sur un coup de tête, au sens propre comme au sens figuré. En cavale et uniforme maculé de quelques taches de sang, sans bagage ni habits civils ou centime en poche, après quatre jours d'un voyage en auto-stop durant lequel il n'a pu s'alimenter, il arrive à Paris où il erre le long des Champs-Élysées, déboussolé et la faim au ventre.

— *Il faut savoir ce que c'est que la faim...*

Un peu avant minuit devant le restaurant Fouquet's, il voit une femme en sortir, rangeant son portefeuille, d'où dépassent des billets, dans un sac Hermès. Georges n'hésite pas.

— *Je vais lui arracher son sac.*

Avenue George-V, il suit cette dame – la cinquantaine et l'air aisé en robe sous un manteau léger. Elle traverse pour aller rue Vernet. Il franchit l'avenue et quelque chose d'autre aussi.

— *Je vais devenir un voleur.*

En tenue militaire avec ses barrettes de décorations accrochées, casquette d'officier marinier, et, cousus sur une manche, le mot *Commando* au-dessus des deux fusils croisés, il sait comment il va s'y prendre techniquement.

— *Je ne lui ferai aucun mal. Costaud comme je suis et précis dans mes gestes, quand je vais la dépasser à droite du côté du sac, je lui pousserai la tête de ma main gauche, sans la jeter au sol, et de l'autre main je lui retirerai le sac de l'épaule. Et puis, hop, ce sera fait. Elle pourra hurler ce qu'elle veut. Je cours vite et serai rapidement loin.*

Des voitures circulent. Georges attend le moment propice. Après des mois et des mois à traquer des rebelles dans les montagnes sans trop de pitié, il a acquis un sixième sens qui lui fait deviner les présences sans même devoir se retourner. Venant de la rue de Bassano, un piéton pivote la tête et s'étonne de doubler ce soldat solitaire perdu dans ses pensées.

— *Il n'y a pas de guerre propre. Je l'ai toujours su et j'ai gardé l'instinct du chasseur.*

Georges ne se pose pas de questions. Il se laisse porter par la faim. Il avance et a pris sa décision.

— *Quand il faut casser on casse. J'ai appris ça à la guerre.*

Rue Galilée, désertée, vingt mètres derrière sa proie, le vrai professionnel de la violence, recherché par la gendarmerie, cavale, arrive à droite de la femme et poursuit sa course... sans le sac !

— *Ça n'aurait pas été moi. L'autre, là, apparu dans ma tête, il ne fallait pas le laisser vivre. Il ne fallait pas que je le suive. Je me débrouillerai autrement... Mais, bon sang, que j'ai faim quand même !*

35

Vive la mariée !

Un samedi de mai – fais ce qu'il te plaît – à Constantine au tout début des années soixante, Sylvie, vingt et un ans, front ceint d'une couronne de fleurs d'oranger et parée de voiles blancs, voyage dans une voiture aux vitres ouvertes vers l'hôtel de ville pour s'y marier avec celui qui conduit et s'énerve lorsque se forme soudainement un embouteillage. En son habit noir, il râle :

— Et voilà, sans doute encore un attentat là-bas ! On va arriver en retard à cause de toi qui voulais qu'on passe rue Rohault-de-Fleury.

— C'était parce que c'est là que nous nous sommes rencontrés...

— Qu'est-ce que tu veux que ça me foute ? !

— Mais comment tu me parles, Jean-Pierre ?

Obnubilé par les tensions politiques extrêmes de l'époque, le futur mari ne s'excuse pas alors Sylvie sanglote. Une auto arrive à sa hauteur, du côté droit. À l'intérieur, un jeune homme souriant tourne la tête, bras à la portière, s'étonne et le lui dit :

— Oh, ben ça c'est une curieuse image : une jeune fille en robe de mariée qui pleure.

— C'est parce qu'il m'agace, lui !

— S'il vous agace vous n'avez qu'à changer de voiture.

Sylvie le fait ! En un grand foisonnement rapide de dentelles immaculées, elle embarque à bord de l'autre véhicule qui redémarre car, en fait d'attentat, ce devait être une fausse alerte. Cette seconde voiture emprunte une rue perpendiculaire et Sylvie ne reverra plus jamais celui avec lequel elle était partie se marier.

— Comment tu t'appelles ?

— Christian.

— Moi, c'est Sylvie.

Un demi-siècle plus tard, Sylvie et Christian – pieds-noirs installés depuis longtemps à Lyon – reçoivent tous leurs petits-enfants pour l'anniversaire de la dernière qui en est ravie :

— Que je suis contente, mamie ! C'est le plus beau jour de ma vie et toi ça été quand ?

Devant celui qu'elle a épousé à Lyon, Sylvie répond : « Le jour où je suis allée pour me marier à Constantine... »

36

Joyeux Noël !

Près de la frontière espagnole, dans la jolie petite cité d'Amélie-les-Bains, Mauricette et Georges – un demi-siècle de mariage – se retrouvent en panne de cadeaux pour Noël :

— Tu vois, Georges, toi à soixante-douze ans et moi soixante-dix-huit, on en a déjà déballé des montres, des bijoux fantaisie, de la musique, des romans, des bouteilles comme nous ne pouvons pas nous le permettre tous les jours. En cette nouvelle fête de la Nativité, ce serait bien, un truc plus original.

— Oui, Mauricette, ça nous changera... des CD.

— Décédés ? Justement, je me demandais : « Et si chacun de nous deux offrait à l'autre une urne funéraire ? »

— Oh, mais quelle belle idée, chérie... Et puis, au moins, c'est un cadeau qui servira ! Il ne restera pas *ad vitam æternam* planqué dans un placard car à notre âge avec les soucis de santé qui viennent...

— ... Il y a une chose à laquelle, en riant, il faut maintenant songer. Et voilà !

Du train de la vie, penser à descendre. Penser à des cendres en décembre...

Dans une plus grande ville du département, Mauricette et Georges poussent la porte d'un commerce spécialisé. Ils s'esclaffent, provoquant l'étonnement du vendeur peu habitué à tant de bonne humeur mais qui leur présente quand même différents modèles :

— Celles-ci sont basiques et celles-là en sel.

— En sel ?

— Biodégradables, dans l'eau, elles se...

— ... dissolvent rapidement comme la vie, quoi ! Et donc pas besoin d'en dévisser le couvercle pour les vider, apprécie Mauricette. Tant mieux car ce doit être pénible de voir s'envoler les cendres de son amour.

— Surtout si tu as un vent de face, confirme Georges. Te prendre en retour tout le nuage de ton bonhomme et devoir te dépoussiérer ensuite ! Moi, je voudrais que ça se passe au bout de la jetée, dans cette ville au bord de la mer du Nord où j'allais à la pêche aux moules quand j'étais enfant...

— Mon mari est un romantique, susurre l'épouse au vendeur surpris par cette clientèle. En ce qui me concerne, j'avais d'abord rêvé d'être dispersée derrière chez nous, dans les tourbillons du Tech – ce torrent, descendant du Canigou, dont les eaux rejoignent la Méditerranée...

— Ma femme, bucolique, a toujours été plus frileuse que moi.

— ... Mais en fait, sans savoir dans quel ordre, nous nous retrouverons en bas de la jetée de Georges. Je ne lui ai peut-être pas tout dit. Dans les remous des vagues, je lui avouerai d'autres choses gentilles. Ça vaut combien ?

— Les urnes solubles sont les plus chères. 180 euros pièce.

— Ah oui, quand même !

— Oh, chérie, ce n'est pas tous les jours Noël..., intervient le mari demandant ensuite au vendeur abasourdi : Pouvez-vous les emballer ? C'est pour offrir. Nous prendrons la bleue et la rose.

Le soir du réveillon venu, à l'instant de la distribution des offrandes, Mauricette fait semblant de ne rien savoir en palpant l'emballage :

— Mais qu'est-ce que c'est, un vase ?

— N'y mets pas de fleurs à tremper car il fondrait, conseille Georges qui feint ensuite la surprise en découvrant son propre cadeau. Oh, une urne funéraire ! Mais il ne fallait pas, tu es folle. Comme c'est gentil...

La petite épousée flétrie aux cheveux blanchis respire :

— Avec dorénavant un poids en moins, je me sens soulagée.

Avant d'attaquer les vol-au-vent aux crustacés, son mari ridé emplit deux coupes pour trinquer au champagne :

— Bon, la mort c'est réglé. Maintenant, on peut vivre...

37
Une préface

L'histoire dessinée dans laquelle vous allez entrer se passe il y a un demi-siècle à l'intérieur d'une France qui sentait les chaussettes du général de Gaulle et le fond de culotte de tante Yvonne. Quel pays gris c'était peu avant que déboule le printemps de Mai 1968. Les fleurs qui poussent sur les chemises, quand même...

Ces fleurs, depuis, ont flétri. C'est le retour à la grisaille. Après l'emmerdement des soutanes avec ses mortifications de cilices, voilà la chierie des djellabas avec ses prisons grillagées de burkas et les tristes *morales* qui les accompagnent. Jésus, paraît-il, n'aurait jamais ri de sa vie et Mahomet ne semble pas non plus avoir bouffé un clown. Putain, ça donne envie... D'une religion l'autre, oh, les empêcheurs d'aimer en rond. C'est la revanche des cons. À quand le retour des fleurs mentales, exhibant leurs pétales coloriés de rigolades, se faisant butiner sans pudeur au nom simple de la vie ? En attendant, plongez dans *Filles des oiseaux* de Florence Cestac. Qui sait, peut-être qu'arrivés à la dernière page, ouvrant des fenêtres, vous vous direz : « Tiens, ça pressent le bourgeon... »

38

Le triangle bleu

Cette adolescente n'a pas pu se diriger vers ce dont elle avait envie, enfant, à savoir : être clown l'été et infirmière l'hiver. C'était son rêve mais en janvier 1968 elle devient apprentie tapissière dans un atelier au deuxième étage de la rue Basfroi, près de la Bastille, à Paris. Sa patronne, madame René, ne se comporte pas en Thénardier. Elle ne lui fait pas balayer l'atelier, lui apprend au contraire son métier dont elle est fière :

— Ici, on fait du luxe, pas de l'*enlevage* vulgaire tel qu'au faubourg Saint-Antoine. Nous travaillons des tissus riches pour construire des voilages, des rideaux, des doubles rideaux, des coussins destinés aux clients aisés et toutes les finitions sont cousues à la main.

En blouse par-dessus sa jupe comme les autres ouvrières – une presque à la retraite et deux un peu moins vieilles –, l'arpette observe ce décor aux teintes fades : machines à coudre alignées contre un mur, grand établi au centre de la pièce et muret nain pour délimiter le coin bureau de la patronne. Dans la surface restreinte de cet atelier, elle voit son destin tout tracé et ça ne lui est rapidement pas possible :

— Je ne suis pas née pour ça.

Alors évidemment que les matins de février, elle court pour arriver à l'heure au travail et s'y rend sans être négligée. Elle se maquille et d'ailleurs sa patronne lui dit qu'elle se maquille bien mais la *saute-ruisseau* prend conscience de la monotonie de ce quotidien qui la plonge dans une tristesse absolue malgré la patronne tellement agréable avec elle et qui la complimente souvent, se croyant rassurante :

— Tu obtiendras facilement ton CAP. Ta vie est là.

Là ?... En mars, à l'annonce confirmée de cet avenir, l'apprentie, même si ses collègues sont sympathiques également, s'en désole, a des envies de mourir et va s'isoler dans les toilettes du palier. Lorsqu'elle en revient, madame René, sur l'établi, lui enseigne le maniement de l'aiguille courbe :

— Tu prends, tu piques, et ça remonte mieux qu'une aiguille droite.

Mais l'aiguille de l'apprentie rouille à sa grande surprise : « Pourquoi elle rouille ? »

— Parce que tes mains transpirent...

L'apprentie rouille aussi en ce lieu, alors repart aux toilettes à la turque et pour tous les gens de l'étage. Elle ne s'y accroupit pas. L'arpette ferme seulement le verrou et s'adosse, debout, contre la porte. En face, elle remarque, à travers une lucarne close, la silhouette grise des toits en zinc découpant un triangle de ciel bleu d'avril. De retour à l'atelier pour façonner de la finette ou du molleton, ça dépend, elle replonge dans le boucan mécanique des machines à coudre et des voix de ses collègues racontant ce qu'elles ont fait à dîner la veille, leur vie quoi, en attendant la diffusion du feuilleton sur Radio Luxembourg à 14 heures. Si un client arrive à ce moment-là, comme cela se produit parfois hélas, pendant que les ouvrières et la patronne entourent celui-ci en étalant des voilages, l'apprentie baisse le son du poste mais écoute le feuilleton qu'elle devra raconter ensuite. Sitôt le client parti, les femmes demandent :

— Alors, que s'est-il passé ? L'héroïne lui a dit ou quoi à l'autre ?

— Non, dans cet épisode-là, elle ne lui a toujours pas annoncé.

— Mais elle avait promis qu'elle le lui dirait bientôt... Tu as bien écouté ?

— Oui, oui.

Comme cela devait finir par arriver un jour, la débutante, devant sa machine à coudre en poussant un lourd tissu, voit son index droit déraper sous le va-et-vient vertical de l'aiguille qui le blesse. Une goutte de sang souille le satin coquille d'œuf :

— Oh !

— Crache tout de suite dessus et surtout ne frotte pas, gère une tapissière. Tu verras, ça marche.

L'apprentie s'exécute et constate qu'effectivement la couleur de son sang se dissout dans sa salive, disparaît de l'atelier pendant que madame René ordonne :

— File aux toilettes faire couler de l'eau froide sur ton doigt.

Robinet grand ouvert dans les latrines, alors que sa piqûre est longuement arrosée, l'adolescente observe dehors, par la lucarne, l'hypnotique triangle bleu. Elle respire, seule avec elle-même, ne réfléchit à rien. Elle profite juste de ce qu'on lui ait permis, un instant, d'échanger l'ennui de l'atelier contre cette flaque de ciel.

Début mai et d'après-midi, alors que l'apprentie ourle des *têtes flamandes* en forme de tulipe pour dissimuler les tringles lorsque ce rideau sera installé chez le client, à la radio, juste avant la diffusion du feuilleton quotidien, elle entend des reporters, en direct du Quartier latin, décrire les formes des barricades estudiantines et l'envol des flammes des voitures en feu. Les tapissières soupirant : « Ah, les énergumènes !... » conseillent à la jeunette :

— Plus tard, épouse plutôt un fonctionnaire. C'est rassurant.

— Ah bon ? Des fonctionnaires, ça fait les pères qu'on a eus qui se glissent dans l'alcoolisme pour, au comptoir des bistrots, rêver, rêver un peu, quoi !

— Mais pourquoi tu dis ça ?

— Je vais aux toilettes.

Une nouvelle fois, adossée contre la porte devant la lucarne maintenant ouverte, elle perçoit le grondement lointain des manifestations. Elle ignore les revendications des étudiants mais se met à entendre, aussi, comme la voix du triangle bleu. Contrairement à l'héroïne du feuilleton radiophonique qui n'a toujours pas dit on ne sait plus quoi à on ne sait qui, l'apprentie, après avoir tiré la chasse de son monde gris, retourne dans l'atelier pour annoncer, devant les ouvrières, à sa patronne :

— À partir de demain, je ne reviendrai plus.

Madame René, double rideau plié sur une épaule parce que c'est moins lourd à porter, en est stupéfaite et demande :

— Pourquoi ? Ne sommes-nous pas assez gentilles avec toi et ne t'apprenons-nous pas convenablement le métier ?

— Non, ce n'est pas ça.

— Mais alors, où vas-tu partir ?

— Dans le triangle bleu !

39
Canard +

Je pénètre à l'intérieur d'un monde de vapeur tiède aux parfums de sel, de chlore, et, sur le sol humide, je glisse jusqu'à l'accueil face à une employée en sueur :

— Bonjour madame. Bien content d'être ici où l'on apprend à ne pas se noyer dans l'existence, ravi d'arriver dans votre... dans cette...

— Piscine !

— Ah oui, c'est ça. Désolé mais je suis un peu perturbé par l'actualité ces temps-ci. Ce serait pour quatre êtres de douze, dix, huit, et cinq tours de soleil.

— Rose !

Une fille plus jeune arrive, peu vêtue comme à la plage. En tee-shirt sur lequel on peut lire MAÎTRE-NAGEUR, elle demande à l'hôtesse :

— Tu m'as appelée, Michèle ?

— Oui. J'ai cru comprendre que monsieur voudrait faire inscrire ensemble ses quatre enfants à l'école de natation sans doute pendant les prochaines vacances scolaires.

— Je ne suis pas leur père. Je viens en mission de la part de...

— Sont-ils tous débutants ? m'interrompt la maîtresse nageuse.

— Non, on m'a dit que parmi eux il y a un dauphin, un triton, un têtard, plus la petite nouvelle...

— ... qui est donc un canard, en déduit l'hôtesse.

— Peut-être. Je la connais à peine.

— Canard, canard..., minimise Rose, pas encore si elle n'a pris aucun de ces cours qui ont lieu à midi alors que pour les autres ce serait plus tôt. Peut-elle rester immobile cinq secondes en position ventrale, visage immergé ?

— Ah, mais je n'en sais rien..., je réponds. Tout ce que je devine c'est que si elle a sa séance pendant que les autres partent manger des pizzas, elle va gueuler !

— C'est difficile de contenter tout le monde à la fois : les tritons, les canards, les têtards..., estime Michèle en ouvrant le grand cahier du planning.

— Sans compter les dauphins..., précise Rose. Dauphin de quoi d'ailleurs, monsieur ?

— De bronze, je crois.

— C'est déjà ça. Vous m'auriez répondu d'or, j'aurais dit non mais s'il n'y a pas beaucoup de clientèle et que l'on peut réserver un second couloir de nage, le dauphin y alignera des longueurs près du triton qui devra rechercher un objet à deux mètres de profondeur et le remorquer sur quinze mètres.

— Ah ouais, faut faire ça ? ! La vache...

— C'est la vie, rétorque Michèle. Une fois qu'on est dans le grand bain... Bon, avant d'inscrire ça tout à l'heure au stylo-bille, je note déjà, au crayon, le dauphin et le triton pour 11 heures alors que le têtard devra se jeter à l'eau dès 10 heures.

— Pourquoi pas en même temps ? Pour qui les accompagnera, ça fera drôlement attendre.

— Un têtard s'avère incapable de traîner quoi que ce soit sur plusieurs mètres. En plus, ça ne descend qu'à un mètre cinquante. C'est autre chose. Ça ne s'accommode pas avec tout le monde.

Quelle prise de tête. Devant la maîtresse nageuse ajoutant que la dernière n'est même pas canard, je m'impatiente :

— S'il n'y a que ça, moi, je vais lui plaquer une paume sur son crâne et elle va y rester, ses cinq secondes sous l'eau !...

— Hou là, non, laissez-nous gérer ! panique celle qui a pourtant dû obtenir son brevet de sauvetage en piscine.

Ça devient silencieux à l'accueil comme autour d'une table de négociations internationales. Tout semble inextricable en cette planète à 28°. Dans la moiteur, que faire pour réunir ces différences ? Comment s'y prendre pour que tout le monde puisse barboter paisiblement, ensemble et sans heurts ?

— En tout cas, me déclare Rose, intransigeante là-dessus, le canard aurait des frites sous les bras.

— Des frites ? ! Pourquoi des frites ?

— Je veux dire des tubes en mousse flottante.

— Ah...

— Et puis ce n'est pas certain qu'on nous attribue un second couloir...

— Ah bon ?

— Ah ben !

Ça envisage d'autant plus là, imagine ici, cherche la clé qui résoudrait le problème. Mais malgré de la bonne volonté manifestée de tous côtés, les pourparlers demeurent compliqués. Je propose sans y croire :

— Alors que le canard, avec ses frites, resterait près d'un bord de la piscine à plat ventre et le visage sous l'eau, le têtard et le triton iraient chercher leur objet à un mètre soixante-quinze de profondeur (ça ferait une moyenne) pendant que le dauphin passerait au-dessus d'eux en traçant des longueurs.

Les deux autres n'émettent pas même un avis concernant ce que je viens de dire. « On ne va pas y arriver », se désole l'hôtesse en contemplant le grand bassin empli d'eau de mer chauffée tandis que la maîtresse nageuse rumine : « Ce n'est pas tellement le têtard qui pose souci – 10 heures, 11 heures... Il ramasse son objet qu'il transporte à peine, on pourrait s'arranger – mais c'est la petite. Même si elle était canard ce serait trop juste pour la faire passer avant le déjeuner... Il faudrait trouver mieux.

— Mieux que canard c'est têtard, lui rappelle Michèle d'un air sec.

— Ou alors, murmure Rose, ça s'appellerait *canard*+.

— Quoi ?

— *Canard*+ ! On est encore loin du dauphin mais ce n'est pas simplement canard. Et comme pour partager la même eau que le têtard et le triton, il faut être plus que canard...

Je n'en reviens pas : « Ce serait possible, ça ? » « Et alors ! » me répond la maîtresse nageuse devant l'hôtesse d'accueil qui s'exclame : « Je recopie immédiatement le tout au stylo-bille ! Donc, du lundi au vendredi, 11 heures-midi : dauphin, triton, têtard, et... canard+.

Incroyable ! Je suis sidéré près des deux autres enchantées également. Pour un peu, on irait, les trois, se taper une Margherita. Tout ce qui, dans ce monde, paraissait insoluble est enfin résolu. Ça va donc pouvoir copatauger en bonne intelligence. Depuis le temps qu'on se demandait comment faire. Bon sang, fallait y penser, c'était donc ça, LA solution : *Canard* + !

40
Sophiiie...

— Sophiiie..., j'ai peur. Tu viens dormir avec moi ?

— Ah non, Sylvie, pas encore cette nuit ! J'ai suffisamment partagé un même lit avec ma grande sœur. Je veux maintenant rester seule parfois.

— Allez, s'il te plaît, Sophiiie... Écoute à travers la cloison, je te le demande d'une voix étouffée tellement j'ai peur.

— Tu abuses parce que tu sais que je vais céder. Bon, allez, j'arrive vers ta chambre mais pousse-toi afin de me laisser un peu de place.

Sophie – préadolescente – vient s'allonger à plat dos et soulève son bras gauche au creux duquel Sylvie se love, de côté, pour rapidement s'y endormir dans un sourire soulagé que contemple sa cadette.

À l'intérieur d'un appartement en centre-ville du Havre se trouvent trois chambres : une pour les parents, une autre pour le garçon – Franck, fils aîné – et une dernière pour les deux filles (Sylvie et Sophie partageant un même grand lit). Les trois mômes, dans cet ordre-là, sont nés à deux ans d'écart. Le jour de son seizième anniversaire, Franck quitte la famille pour intégrer l'armée de terre alors Sophie, douze ans, récupère la chambre libérée. Là, elle imagine qu'elle y sera heureuse, pourra s'enfermer et demeurer tranquille mais hélas, presque tous les soirs au moment du coucher, elle entend les ongles de la grande sœur gratter à la fine cloison et une voix s'étouffant :

— Sophiiie..., j'ai peur. Tu viens dormir avec moi ?

Finissant par ne plus en pouvoir, dès ses quatorze ans, la cadette réclame aux parents de partir pour Caen en internat (et à cent kilomètres du lit de sa sœur). En cette école, le long d'un dortoir, Sophie dispose au moins d'un box pour elle seule, uniquement fermé par un rideau mais où, le soir, plus d'ongles suppliants ne viennent racler.

Le temps passe. Les trois enfants devenus adultes, éparpillés en France, ont eu des gosses à leur tour mais à quarante-huit ans Sylvie se chope un cancer de la gorge et c'est grave (très !). Une nuit, d'une voix étouffée, elle téléphone à sa sœur :

— Sophiiie..., j'ai peur...

— J'arrive !

Partie de Nancy, la cadette rejoint Sylvie installée au Mans. Elle a du mal à reconnaître celle qui ne pèse plus que le poids de quand elle était petite. À cause de cette minceur extraordinaire elle a aussi retrouvé ses immenses yeux bleus d'avant qui lui donnaient alors une allure de frêle poupée pâle. Le soir même, Sophie se glisse, à plat dos et sans un mot, dans le lit d'une Sylvie rassurée venant se blottir à l'intérieur du bras gauche de sa petite sœur où elle meurt avec, aux lèvres, un sourire.

Table des matières

La photocomposition de cet ouvrage
a été réalisée par
GRAPHIC HAINAUT
59410 Anzin

Imprimé en France par CPI
en septembre 2017
N° d'impression : 3024603

POCKET – 12, avenue d'Italie – 75627 Paris Cedex 13

Dépôt légal : octobre 2017
S27760/01